小友记

LE LIVRE

DE MON AMI

〔法〕阿纳托尔·法朗士 著

陈燕萍 译

人民文学出版社

Anatole France
LE LIVRE DE MON AMI

图书在版编目(CIP)数据

小友记/(法)阿纳托尔·法朗士著;陈燕萍译.—北京:人民文学出版社,2019
ISBN 978-7-02-013948-4

Ⅰ.①小… Ⅱ.①阿…②陈… Ⅲ.①自传体小说—法国—近代 Ⅳ.①I565.44

中国版本图书馆CIP数据核字(2018)第140970号

责任编辑　刘　彦
装帧设计　陶　雷
责任印制　任　祎

出版发行　人民文学出版社
社　　址　北京市朝内大街166号
邮政编码　100705
网　　址　http://www.rw-cn.com

印　　刷　三河市中晟雅豪印务有限公司
经　　销　全国新华书店等

字　　数　126千字
开　　本　787毫米×1092毫米　1/32
印　　张　7.875　插页1
印　　数　1—8000
版　　次　2019年9月北京第1版
印　　次　2019年9月第1次印刷

书　　号　978-7-02-013948-4
定　　价　48.00元

如有印装质量问题,请与本社图书销售中心调换。电话:010-65233595

译 本 序

法朗士是群星璀璨的法国文坛上一位博学的文学宗师,法兰西学院院士,1921年诺贝尔文学奖得主。他被认为是法兰西第三共和国时期最伟大的作家和评论家之一,同时也是一位社会活动家,积极参与社会政治斗争,被看作他所生活的时代法国最重要的良知之一。在他去世后,时任法国众议院院长的保罗·潘勒维闻讯感叹说:"昨夜,人类知识界的水平下降了。"法国在巴黎为他举行了国葬。

阿纳托尔·法朗士(Anatole France,1844—1924),原名雅克-阿纳托尔-弗朗索瓦·蒂波(Jacques-Anatole-François Thibault),出生在一个很普通的家庭,其父曾入伍从军,1830年革命后离开军队,在巴黎经营书店。他的书店主要提供与法国大革命相关的著作和资料,经常有许多作家和博学之士光顾。在父亲的藏书中长大的法朗士从小就受到书籍的熏陶，在博览群书中积累了渊博的学识。法朗士尤其热爱人文科学，有着很深的古典文学修养，同时对法国大革命时期的历史了如指掌。丰富的学识和深厚的文学修养为他之后的文学创作奠定了扎实的基础。

法朗士的文学生涯始于诗歌创作，曾拜法国著名诗人、帕纳斯派首领勒孔特·德·李勒为师。1867年法朗士加入帕纳斯派。他的第一部诗作《金色诗篇》发表于1873年，之后又创作了以希腊人生活为题材的三幕诗剧《科林斯人的婚礼》（1876）。法朗士的小说创作起步较晚，成名作是他三十七岁时发表的《希尔维斯特·波纳尔的罪行》（1881），成功地塑造了一个善良、亲切、敏感、富有正义感、宽厚又有点可笑的老学者形象，这部作品一经出版便大获成功，并受到法兰西学院的嘉奖。

法朗士的作品体裁多样，涉及小说、戏剧、回忆录、历史等。历史和社会政治问题是法朗士偏爱的主题。如小说《苔依丝》（1890）反映的是四世纪的宗教斗争，长篇四部曲《现代史话》（1897—1901）的主题是教会和德雷福斯事件，同样影射德雷福斯事件的还有中国读者熟悉的小说《企鹅岛》（1908），《诸神渴了》（1912）则是对法国大革命的重新审视，而《圣女贞德传》（1908）用唯物主义观点和写实主义手法重写了传奇历史人物圣女贞德的一生。此外,法朗士还是一位著名的文学和社会评论家,曾为《时报》《新杂志》等多家重要的报纸杂志撰写文学批评及其他评论文章。

法朗士的作品风格典雅,文笔优美。他的行文看似平如秋水,却含蓄隽永、韵味深长,字里行间经常透着幽默和讽刺,流露出怀疑主义和悲观主义的情绪,同时不乏人道主义的关怀。法朗士的文学理念与当时法国盛行的追求科学客观性的自然主义文学截然不同。他推崇想象的力量,作品经常充满奇思妙想,带着梦幻的色彩,散发出独特的魅力。

法朗士的创作深受他的社会政治活动的影响。他虽然酷爱书籍,但并不是一个躲在象牙塔里的作家,而是一个积极的社会活动家,一直很关注他所处时代的种种社会问题。尤其是在功成名就、具有一定影响力之后,法朗士越来越积极地介入社会政治斗争。其中最引人注目的是他在法国历史上曾轰动一时的德雷福斯事件中的态度,他坚定地站在曾经在文学创作观念上和他有分歧的左拉一边,支持德雷福斯。在左拉发表公开信《我控诉》之后不久,和左拉一起最早在要求重审德雷福斯案的第一份知识分子的请愿书上签名。在左拉因在德雷福斯事件中的立场而被收回荣誉勋章后,他退还了自己的荣誉勋章以示同左拉共进退。二十世纪初,法朗士从德雷福斯派转向支持社会主义,反对教权主义,主张政教分离,对现有社会秩序进行批评。在第一次世界大战和十月革命的影响下,他积极支持民族解放运动和工人运动,反对殖民野蛮。1921年,法朗士加入法国共产党,在法共党报《人道报》上发表文章。但这些斗争和行动最终令法朗士感到失望,1922年后,法朗士不再与任何共产党报纸合作,并与各党派保持距离。不同时期的社会政治活动经历使法朗士的思想观念不断发生变化,这一点同样反映在他的创作中。如果说他的早期作品带着乐观主义色彩,伴着善意的讽刺和怀疑主义特点,那么后期作品中流露出的是一种对人性的悲观主义态度,讽刺也变得尖锐,富于战斗性,同时表现出对正义和真理的热切追求和人道主义的情怀。

1885年出版的《小友记》是一部自传性的回忆录,由法朗士在1879年到1884年期间陆续发表在《新杂志》《政治文学杂志》《时报》等报纸杂志上的文章组成。这部回忆录出版于十九世纪八十年代,经历了普法战争的法国推行一种科学教育政策,整个法国笼罩在"客观性""科学性"的氛围下。这种现象不仅充斥着科学领域,还蔓延到了哲学和文学领域,尤其反映在主观性很强的小说创作中。自然主义文学的盛行就是受追求科学这一观念的影响。法朗士对这种在文学中追求客观性和科学精神的观点持拒绝和反对态度,他曾不止一次公开嘲笑左拉式作家的科学抱负。这并非因为法朗士对科学一无所知,恰恰因为他本人曾经历过信仰科学解释的价值的阶段。在帕纳斯时期,他曾热衷于泰纳的实证主义批评理论、史前考古发现、生物学发现,以及对应于自然进化的社会进化等。但法朗士发现科学言论本身也是有争议性的,并非绝对。达尔文的进化论最终并没有给出关于宇宙的一种无可辩驳的真理。法朗士转向了相对主义,认为没有什么是绝对的、永恒不变的,相反,一切都变化不定,转瞬即逝,这一相对主义影响了他的文学观。与当时追求科学性和客观性的自然主义作家相反,他否定文学属于客观范畴的观念,肯定文学的主观性,认为作家在创作中,不管写什么,写的都是自己,不管研究什么,总是走不出有限的智力和感受力。而回忆和自传就是游离于外界的客观估量的主观文学,《小友记》就是在这样的背景下创作出来的。

撰写《小友记》的另一个原因是法朗士对自传和回忆录一直青睐有加。这是因为自传和回忆具有某种永恒性,它不受时尚的影响,不需遵从按某个时代的喜好强加的形式,更重要的是回忆触及的是我们内心的真相。他在1887年3月20日就龚古尔的《日记》回答《时报》时说:"一个作家的回忆是我们在他作品中所得到的最持久、最个人的东西。可能一个作家的作品几乎被遗忘的时候,他们的回忆录仍然会有人读得津津有味。"①他认为作家只有在谈到自己的时候才是最伟大和最感人的。而比起普通人自发和非正式的回顾,作家笔下的自传具有更强的主观性,在法朗士看来,回忆是为了"赋予生活一个美丽的画面"。②《小友记》就是法朗士用童年回忆描绘出来的一幅美丽的图画。

《小友记》全书分为两大部分:《皮埃尔篇》和《苏珊娜篇》。《皮埃尔篇》包括《牛刀初试》(共七章)和《新爱》(共十二章)两部分,讲述的是皮埃尔·诺齐埃的成长经历;《苏珊娜篇》包括《苏珊娜》(共四章)、《苏珊娜的小伙伴》(共三章)以及《苏珊娜的藏书》(共两章)三部分,前两部分讲述的是苏珊娜及其朋友的童年趣事,最后一部分是就儿童书籍和童话议题的思考。作者融合了一系列神话研究文章,参照十八世纪神话集编写者的研究,对涉及童话的一些晦涩难懂的概念进行了通俗易懂的解说。

从表面上看,《小友记》无论在形式还是内容上似乎都有些松散,缺乏传统自传中的那种整体性和连续性。首先在结构上,全书都是由一些片段组成的,作品的各部

---

① 参见本书法文原版序。
② 同上。

分及章节之间都相对独立,而且是由几个不同的童年组合而成的:《皮埃尔篇》像是作家对自己童年往事的回忆,而《苏珊娜篇》前两部分则是作家女儿苏珊娜及其小伙伴们的童年趣事,最后一部分的主题转向了书籍和童话。但是有心的读者不难看出作者的巧妙用心:如果说《皮埃尔篇》代表了"我"个人的童年回忆,那么在《苏珊娜篇》中,苏珊娜及其朋友则无疑代表了泛指的童年,即不同时代、所有人的童年,而最后涉及童话的部分则上升到了象征意义上的童年,人类的童年,即处于远古神话时期的人类。因为童话是童年时期的人类想象的产物。从个体到普遍,最终汇合到人类集体,法朗士显然是用这种更宏观的线索将作品各部分之间连接在一起,层层递进,构成一个和谐的整体。

在内容上,作品涉及的主题非常广泛:从童年趣事到校园生活,从古希腊人文经典到法国大革命,从考古、人类进化到对美的哲学思考,从对儿童书籍的看法到对童话的见解等,可谓五花八门,并随不同的主题而呈现不同的风格。但是这些主题多样化的章节并没有破坏整体的和谐,它们的相对独立性也不影响故事的核心本身和作品所要表达的主题思想。从皮埃尔的成长经历到苏珊娜的童年故事,再到对书籍和童话的见解,几条重要的主线贯穿着整部作品:那就是对书籍和艺术的推崇,对童年、想象和激情的颂扬,对历史传承的肯定。

"如果生活可以在书本中间化作一个漫长而温馨的童年,就让我们祝福书吧!"①无论是在《皮埃尔篇》中还是《苏珊娜篇》中,书籍和艺术都被赋予了至关重要的地位,成为主人公成长和自我塑造的精神食粮。在《皮埃尔篇》中,书中的世界无处不在,并和现实生活交融在一起:小皮埃尔夜晚入睡前看到的怪兽来自他看过的版画书;《爱德华的孩子们》与一幅流行的画和一个古老的传说分不开;表现两种截然不同的童年的《一串葡萄》中,旧版画《圣经》中亚伯和该隐的故事让在亲人的精心呵护中长大的皮埃尔对无人看管、整天闲逛、招猫逗狗的洗衣妇的儿子的感情从羡慕转为怜悯;《隐修植物园》受到《圣徒传》的启发,是对圣徒言行的模仿;勒博老爹则因为擅长编目录而受到皮埃尔的无比崇拜;对祖母和家族的回忆带着法国大革命的历史印记;而课堂和老师带给他的最大收获是诗歌的启迪和人文经典的启蒙。《苏珊娜篇》更是对书籍和童话的重要性进行了直接的阐述。

皮埃尔的童年是一个与书为伴,从书中感受世界、认识世界的童年。古董市场、旧书摊、版画、《圣经》、古希

---

① 参见法朗士 1933 年出版的《文学生活》(*La vie littéraire*) 第一卷序。

腊悲剧、《荷马史诗》、维吉尔,这些都是他的领路人、导师和安慰者。塞纳河畔的旧书商和大学老师一样,甚至比他们更好地启迪了他的智慧。他从孩提时代起就从那些被蛀虫啃蚀的旧书、被腐蚀或蛀空的版画中深深感受到事物的流逝、生命的无常和万物皆空。而文学作品更是滋养了皮埃尔的心灵,培养他的品位和情操,让他得到美的享受。法朗士对古希腊罗马人文经典尤为推崇。他认为没有比通过学习古希腊罗马文学能更好地培养一个人的了。他在书中写道:"文学修养赋予已经足够有能力接受它的心灵的是一份高贵、一种优雅的力量和一种美,那是通过其他任何方式都无法获得的。"在《皮埃尔篇》中,我们看到皮埃尔在随身携带的维吉尔的诗中找到爱的启迪,在课堂上陶醉于荷马笔下动人的画面,在冬天傍晚街头的路灯下沉迷在古希腊悲剧中,与主人公同呼吸共命运,游离在街头烤栗子的香味和书中虚构的世界之间……书籍滋养着少年皮埃尔的心灵,陪伴着他的成长,塑造他的自我,也成为对不如意的现实生活的一种补救。的确,相对于永恒的书中世界,现实世界充满了变数,美好的表象常常不堪一击:皮埃尔从小迷恋的年轻美貌的白衣夫人多年以后变成了和她姑妈一样的黑衣夫人;仙女般的教母最终成了一位备受爱情折磨的不幸女人,死在海上成了孤魂野鬼;令中学生皮埃尔初次感到意乱情迷的寡妇冈斯夫人再次出现时不再让他脸红心跳；让他第一次感受到诗的魅力的勒芙尔小姐是个病态、平庸、蹩脚的诗歌爱好者；而令他肃然起敬的、代表上帝在人间的朱巴勒神父则在颁奖仪式上"像一根拐杖或一把伞一样被扔在角落里"……所有这些令人感慨、遗憾、伤心、失望、哭笑不得、变化无常的现实与美好的书中世界形成了强烈的反差。书籍无疑是对现实生活的最好的安慰和弥补。

对童年、想象和激情的颂扬同样贯穿整部作品。作者在字里行间流露出对童年由衷的赞美。在他看来，童年是个令人肃然起敬的美好年龄："没有什么能和这生命最初的萌发、这灵魂的第一枝新芽相媲美。"幼儿都是"被埋没了的天才"，孩子们拥有一颗纯朴未开的心灵，在他们眼里什么都是奇迹，他们以一种超人的能量拥有着世界，而这种力量就是神奇的想象力。法朗士十分推崇想象："如果没有想象，即使是在实验方面和自然科学领域，人们也将一无所获。"在《苏珊娜篇》中，他希望自己的女儿拥有丰富的想象："我很期待，所有这些古董日后能赋予她奇思妙想，在她的头脑里萌生离奇、荒诞和迷人的梦幻"，并能运用这种美妙的想象来美化生活。法朗士的这一立场无疑是对当时法国盛行的科学主义的一种反击。在《苏珊娜的藏书》中，法朗士借为孩子挑选新年图书礼物这一话题,对当时只重视科学教育、忽视想象力的现象进行了讽刺。他讥讽法国社会"充满了害怕想象的药剂师",他们生怕诗歌与想象会误导孩子,试图用科学知识取而代之,在他看来,这是大错特错。因为正是想象在这个世界上播种一切美和美德,人只有通过想象才变得伟大。如果都用科普作品取代诗歌和童话,那么就"再也没有美丽的形式、高贵的思想,再也没有艺术、品味,没有一点人性的东西,只剩下化学反应和生理状态"。他为孩子争取梦想和诗歌的权利。他认为"小孩子和大孩子都需要童话故事,那些诗体和散文体的美丽故事,需要能让我们哭、让我们笑、让我们如痴如醉的故事"。因为那是一种需求,一种"忘记大地,忘记现实,忘记对骄傲的心灵来说十分残酷的失望和屈辱,忘记对敏感者而言痛苦万分的突然打击"的普遍需求。在《对话童话》中,作者更是借助童话这一源自民间丰富想象力的艺术形式热情颂扬想象的力量。

在赞美童年和想象的同时,作者还对激情进行了肯定,他认为激情赋予人力量,它不应该遭受非议,"世界上所有的伟大都是由激情成就的",它是"人类全部的精神财富","生活中没有什么比激情更美的了"。这种激情在作品中随处可见,它在艺术家的笔下,在优美的文学作品中,在童话故事里,在儿童纯朴未开的心灵中……

在为童年、想象和激情辩护的同时,法朗士对位于对立面的成年人的理性和道德标准提出了某种质疑。在《苏珊娜篇》中,他为小婴儿的行为举止辩护,认为成年人只从自己的角度出发来判断婴儿的行为是不公正的:"因为她不具备我们那样的理智,我们就断定她没有理智。这是多么不公正!"他认为大众眼中的合情合理不仅在日常生活中非常危险,更会扼杀艺术的魅力。在《对话童话》中,作者提醒表妹要警惕通情达理,要远离它,因为"人们正是以它的名义干出一桩桩蠢事,犯下种种罪行"。他认为在艺术中,如果一切都合情合理的话就会索然无味,相反,只有荒谬才是唯一愉快和美好的事,给生活增添魅力。

针对《驴皮公主》中父亲追求女儿的行为,作者认为道德并非与生俱来,相反,它是人类堕落以后才有的,"堕落是道德存在的原因,正如暴力催生了法律一样"。《驴皮公主》的故事诞生的那个年代,人们还生活在原始纯朴的状态中,他们天真无邪,"所以是不讲道德的"。在那时的游牧部落中,父亲和女儿的结合并不受排斥,也不是什么丑闻。丑闻是"文明社会的特产,甚至是它们最钟爱的娱乐之一"。而且道德是随时间、地点和风俗而改变的,不应该以我们自己的道德观随意评判。

对历史的传承和延续性的肯定同样是这部作品的重

要主题。"过去的一点一滴都不要遗忘。只有过去才能成就未来。"在《皮埃尔篇》第一部分结尾时的按语中,法朗士借自己推崇的法国著名哲学家、语言学者利特雷先生的话说明保存传统、让它代代相传的重要性,而撰写这部回忆录、开启诺齐埃家族纪事正是受到利特雷的启发,是为了实现利特雷先生想让"每一个家庭都有自己的文献档案和它的伦理史"的愿望。在《牙齿》一文中,皮埃尔父亲借助一颗史前人类的牙齿讲述了人类从半动物状态到艺术和工业的进化,表达了对人类祖先的敬仰和感激:"我们的一切都要归功于这些祖先,所有这一切,包括爱!"因为正是"无数聪明才智经过一代又一代的不懈努力创造出了许多奇迹,让现在的生活变得更加美好"。在《苏珊娜篇》中,作者从小婴儿面对一只画在盘子上的公鸡的反应中看到代代相传的模仿艺术的力量:"那位在象牙薄片上刻下逼真的猛犸象的了不起的洞穴人已经死了几千年了!经过那么多漫长的努力,模仿艺术竟然能迷住一个刚刚三个月零二十天的小生命,这真是个伟大的奇迹!"在《对话童话》中,作者更是对源自原始人类时期的神话以及来自民间的童话和传说予以了热情洋溢的歌颂,认为我们对美和善良的感受要归功于原始人类的神话和我们祖先的诗歌。同时法朗士还充分肯定了创造了童话故事的人民的价值,在他看来,处于童年时期的人民的诗是最纯粹的诗歌。

要指出的是,《小友记》看似是一部自传性回忆录,但和人们通常习惯的再现作家本人真实生活的自传作品相距甚远。如果说《小友记》通过重温年少时的往事和感受,找回了自我在书籍和艺术陪伴下的成长历程,发现了自己内心的真相,那么这一成长过程中的外在真实性却并不可靠,从这一角度来看,《小友记》更像是一部乔装打扮后的自传,一种想象出来的回忆。这种杜撰的回忆录在一定程度上是特定历史时期的产物。人类进入现代社会后,面对的是一个无时无刻不在变化的世界,时间仿佛失去了连续性,一切充满变数,自我在不断死去,我们不断地与自身告别,变得对自己一无所知。法朗士和他同时代的人无疑都强烈地感受到这一点。面对在不断变化的周围事物中变得难以捕捉、陷入虚无的自我,美化记忆、编造与现实截然不同的宽慰人心的谎言成了某种留住自我、获得安慰的有效手段。《小友记》就是这样一种安抚性的艺术谎言,一个法朗士现实生活的美化版本。这一点从作品的标题本身就可见一斑:这部被看作是回忆作家自己童年和少年的作品标题原文是"我朋友的书",而不是"我的",主人公是皮埃尔,而不是"我"。将自己的故事移植到友人身上,就给自己与作品之间留出了距离。这样既可以逃避自己,也可以躲避他人的目光,以免自己的生活暴露在他人面前,被人掌控。另一方面,也给作品留下了虚构空间。这种虚构首先表现在家庭出身上。法朗士出自一个普通家庭,年少时的他经常因自己的穷困处境在富家子弟中饱受折磨;成年后步入社会也是举步维艰,经常因出身平平而十分痛苦,在社交场合每每因此感到窘迫和自卑。出于自身原因,法朗士在作品中对自己的童年和少年进行了理想化处理,为自己编造了一个与现实不符的身份、一个体面的出身:祖母是一个法国大革命期间给王位继承人看病的哲学家和医生的女儿,叔祖是著名的朱安党人,父亲是一个思考人类学的医生,而他自己则是生活在温馨的家庭环境中的幸福的孩子……这些身份的选择无疑是对真实家庭的平庸和默默无闻的补偿。其次,在《小友记》中,许多故事源自作者平时的阅读,也有借自其他作家生活的素材或对真实自传的有意识模仿。法朗士将这些来自不同出处的各式素材安排得天衣无缝,给人一种叙事连贯、浑然天成的印象,以致长久以来被认为是真实的。可以说《小友记》是一个真实的谎言。许多地名、人名和历史事件都是真实的,但是作者却在细节上做了改动,或张冠李戴,或巧妙地掺入对他人自传的模仿,而作者的描写有时如此逼真、如此生动,以致读者毫不怀疑所写事件和人物的真实性。另一方面,作者又不时故意露出明显的模仿痕迹,让人一看便知。这种在真真假假、虚虚实实之间的徘徊反映出作者一种疏离的态度,以便可以自由地将回忆理想化。这无疑契合了作者撰写回忆录是"赋予生活一个美丽的画面"的动机。这一点也反映在作品的表现形式上。《小友记》与其说是一部完整的回忆录,不如说是对一连串转瞬即逝的片段的捕捉,作品中的人物和故事既不统一,也不连贯,只有对瞬间的回忆和感受。每个故事都是稍纵即逝的一个画面,是如烟往事的一个投影。可以说整部作品是由一幅幅作者精心构思的动人画面组成的,笔调简洁、自然、清晰而又充满魅力,画风时而温馨时而感伤,时而喜悦时而惆怅,时而严肃时而诙谐,时而天真烂漫时而满腹经纶……仿佛在万般皆幻影、什么都不确定、一切都是过眼云烟的现实面前,只有甜蜜的艺术谎言描绘出来的美丽画面才能带给我们些许安慰,减轻我们面对无知和无常的恐惧,拉开我们与死亡的距离,让我们暂时得以面对生存的虚无,继续打发"微不足道"的生活。

笔者初次接触法朗士的作品始于大学本科三年级法语精读教材上的一篇题为《童年回忆》的课文。这篇满怀温情和怀念、带着淡淡忧伤的童年回忆,给我留下了很深的印象。该课文就选自本书的一个章节。之后又从同一套教材中读到了法朗士影射德雷福斯事件的短篇小说

《克兰克比尔》,在这篇讲述一个因被警察诬陷而遭遇司法不公正的小菜贩悲惨遭遇的作品中,我被作者在字里行间流露出来的对无辜遭遇不幸的小人物的悲悯之情所打动。这两篇课文深深地感染了我。带着这样亲切的回忆,我欣然接受了《小友记》的翻译任务,在期待细细品味这部作品带给我的愉悦的同时,也想尽自己最大的努力,尽可能将这部作品原汁原味地呈现给中文读者。虽然《小友记》看似一部写孩子并为孩子而写的作品,但话题涉及文学、历史、哲学、科学、童话等,处处透着法朗士广博的学识。书中有许多不常见的历史、地理、文化、艺术等名称或用语,尤其是在论及童话的最后一部分,出现了许多吠陀、北欧、古希腊罗马等神话中的人物。对普通读者可能不太熟悉的专有名词和术语,译者尽可能都加了相应的注解,以供有需要的读者参考,以便更好地理解作品。但是读者也完全可以不理会注解而单纯地欣赏作品本身,因为,在享受阅读的同时能积累知识固然是锦上添花,放下书袋,轻装前行也未尝不是一种潇洒的阅读境界。由于译者水平有限,在翻译过程中有时未免感到力不从心,不当之处在所难免,还望读者见谅并指正。

译者

二〇一七年七月于北京

目 录

皮埃尔篇

牛刀小试 ………………… 7
新　爱 ………………… 45

苏珊娜篇

苏珊娜 ………………… 141
苏珊娜的小伙伴们 ……………… 164
苏珊娜的藏书 ……………… 187

皮埃尔篇

188×年 12 月 31 日

走到人生旅程的一半……

今天晚上,但丁《神曲》第一章的开篇诗句出现在我的脑海里,或许这已经是第一百次了,但这回是第一次深深触动了我。

我饶有兴致地在脑海里重温这句诗,发现它竟是如此严肃又意味深长!因为此刻我可以将它用在自己身上。和古老的太阳照进十四世纪第一个年头时的但丁一样,现在轮到我处于这样的时刻。假定人生旅途对所有人都一视同仁并且都通向暮年,那么我已走过一半的旅途。

我的上帝！二十年前我就知道会有这么一天：那时候我虽然知道这一点，但并未真切感受到。那时候，人生的中途对我来说就像芝加哥大道一样，我根本不关心。而今，爬上半山坡的我回望自己匆匆经过的来时之路，佛罗伦萨诗人的诗句使我陷入了无限的遐想中，我不禁想在炉火边掀动那些幽灵，来度过漫漫长夜。唉，死者的分量是那么轻！

回忆是温馨的。夜晚的宁静邀人回首往事。它的安静驯服了天生腼腆、难以捕捉的幽灵们，这些幽灵需要趁着夜色下的清静来和活着的朋友说悄悄话。窗帘已经拉上，重重的百褶门帘垂落到地毯。只有一扇门半启着，我的目光本能地转向那边。从那里透出一缕乳白色的光；传来平和温柔的气息，在这些气息中我自己都分不清哪个是母亲的，哪些是孩子们的。

睡吧，亲人们，睡吧！

走到人生旅程的一半……

在将要熄灭的炉火边，我浮想联翩，卧室里灯光微微颤动，从那里散发出纯洁的气息，我把自家的房子想象成一座孤零零的客栈，坐落在我行至一半的人生大道上。

亲爱的，你们睡吧；我们明天接着上路！

明天！曾几何时这个字眼对我来说代表了最美妙的魔法。每当说出这个字眼，我就会看到陌生而可爱的人伸出手指向我示意，一边悄声说："来啊！"那时我是多么热爱生活！我对它充满了恋人身上那种美好的信任，我那时不相信它会严苛地对待我，然而生活却是毫不留情的。

我并不是要指责生活。它没有像伤害那么多其他人那样伤害我，甚至偶尔对我青睐有加，这位冷漠的女神！它给了我许多珍贵的东西来补偿对我的剥夺和拒绝，和这些相比，我曾经想要的一切都如尘埃一般微不足道。尽管如此，我还是失去了希望，现在每当我听人说"明天见！"的时候，没有一次不感到忧心忡忡和伤心难过。

不！我对生活——这位我以前的朋友再也没有信心了。但是我依然爱它。只要我看到它神圣的光芒照耀在三个洁白的额头上，照耀在我心爱的三个额头上，我就会说它很美好并祝福它。

有那么一些时候，事事都会让我感到惊讶，最简单的事都会让我感到神秘的战栗。

正如此时此刻，我觉得记忆是一种美妙的天赋，重现过去的才能和预见未来的才能同样令人惊叹，甚至更胜一等。

回忆就是一种善举。夜，静静的，我拢了拢壁炉中的余烬,让火重新燃起。

睡吧,亲人们,睡吧!

我要书写童年的回忆,献给你们仨。

牛刀小试

一　怪兽

那些跟我说一点也不记得自己幼年时光的人着实令我诧异。就我而言,我对自己的幼年保留着鲜活的记忆。的确,那都是些孤立的画面,然而正因如此,在幽暗神秘的背景衬托下,这些画面显得更加光彩夺目。尽管我现在离迟暮之年还相距甚远,但这些我钟爱的回忆却好像来自遥不可及的过去。想象中那时的世界是一片崭新的天地,一切都焕发着新鲜的色彩。如果我是个懵懂的野人的话,我会认为世界和我一样年轻,或者说,随便您,和我一样老。不过很可惜,我不是野人。我看过很多有关地球的古老历史和物种起源的书,我郁闷地发现,和种族延续的长久相比,个人的生命十分短暂。所以我知道,我睡在一张带围栏的儿童床上是没多久以前的事,那张床摆在一所破旧公馆的一个大房间里,那所公馆后来被拆掉给美术学校盖了新楼。我父亲当时就住在那里,他是个普通的医生,但却热衷于收藏自然界的奇珍异品。谁说孩子没有记忆?那个糊着花枝图案绿色墙纸的房间至今历历在目,墙上挂着一幅漂亮的版画,一如我的印象,画上是维尔吉妮在保罗怀中涉水穿越黑河①。就在那个房间里,我经历了十分离奇的遭遇。

我刚才说过房间里有一张带围栏的小床,白天一整天都放在角落里,妈妈每天晚上都把它摆到房间中央,或许是为了让小床离她的床近一点,她床上的巨幅床帘令我又害怕又赞叹。要我睡觉可不是件容易的事。那得需要苦苦哀求、眼泪和拥抱。还不止这些:我会穿着睡衣跑掉,像兔子一样蹦蹦跳跳。妈妈从家具底下抓住我,再把我放到床上。可开心了。

但是我一躺下,一些和我的家人完全不相干的人物就开始成群结队地围着我转。他们的鼻子像鹳的嘴,胡子立着,肚子尖尖的,腿像公鸡爪子。他们只露出侧面,

---

① 画中主题来自法国作家贝尔纳丹·德·圣皮埃尔(1737—1814)的小说《保罗和维尔吉妮》,保罗和维尔吉妮是小说的男女主人公,黑河位于现在的毛里求斯岛。

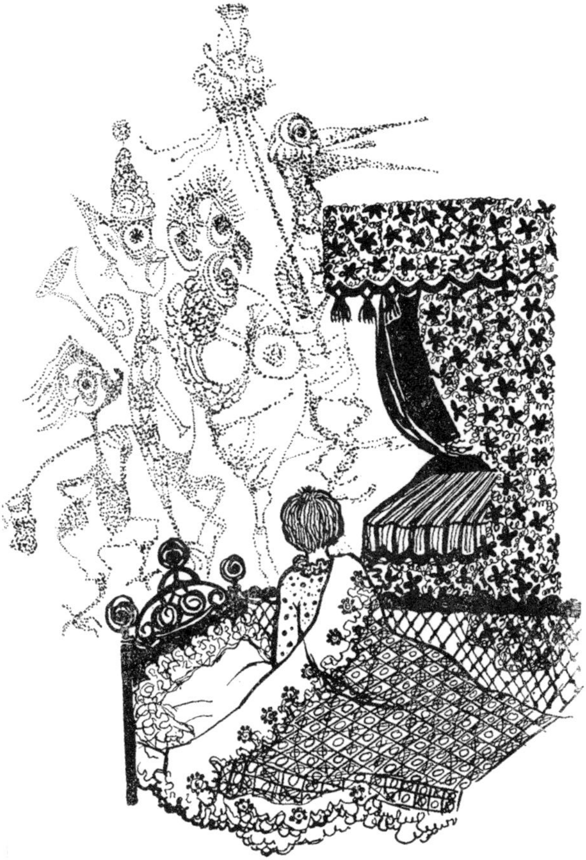

脸颊中间长着一只圆圆的眼睛,这些人拿着笤帚、铁钎、吉他、针筒和一些我不知道是什么的工具鱼贯而行。他们长得那么丑就不该露面;不过我应该还他们一个公道:他们挨着墙无声无息地溜过,没有一个,不管是最小的那个,还是身后有个哨子、走在队伍最后面的那个都不曾朝我的床靠近一步。显然有一种力量将他们吸附在墙上,他们贴着墙游走,几乎看不出厚度。这让我稍微放心了点,再说我时刻警惕着。您猜得没错,有这样的家伙做伴,我可不能闭上眼睛。于是我就睁着眼睛。可是(这是另一件不可思议的事),我会突然发现自己身处一间洒满了阳光的房间里,眼前只有穿粉色睡衣的妈妈,完全不知道黑夜和怪兽们是怎么离开的。

"你真能睡!"妈妈笑着说。

的确,我以前好像特别能睡。

昨天,在河畔①旧书摊闲逛时,我在一家版画商那里发现了一本洛林人卡洛②用他尖硬的刻针雕刻出来的那种怪诞画画册,这种画册现在越来越罕见了。在我的孩提时代,一位版画商贩,我们的邻居米尼欧大婶,就在她店铺的整整一面墙上挂满了这种版画,我每天出去散步

---

① 指巴黎塞纳河畔。
② 雅克·卡洛(1592—1635),法国油画家、铜版画家。

或散步回来都会看看这些画;这些画中的怪兽令我大饱眼福,但是,当我躺在我的小床上看到它们的时候却没有认出来。啊,雅克·卡洛的魔力!

我翻看的小册子唤醒了沉睡在我身体里的整个世界,我感到仿佛有一缕芬芳的尘埃在我的灵魂中升起,一些亲爱的影子从中经过。

二 白衣夫人

那个时候,有两位夫人和我们住在同一所房子里,这两位夫人一个穿一身白,一个着一身黑。

别问我她们是否年轻:这超出我那时候的认知范围。但我知道她们闻起来很香并且百般温柔体贴。我妈妈那时很忙,又不喜欢到邻居家串门,几乎不怎么去她们家。而我,我可是经常去,特别是到下午茶的时候,因为穿黑衣服的夫人会给我蛋糕吃。于是我就自个儿去串门。去她们家要穿过院子。妈妈从窗户里盯着我,当我看马车夫洗刷马匹看得出神而忘了时间的时候,她就会敲敲玻璃窗。要爬上带铁扶手的楼梯可不是件容易的事,高高的台阶显然不是为我那两条小短腿准备的。不过,一进入夫人们的房间,我爬楼梯付出的辛苦就马上得到丰厚的回报；因为那里有无数令我着迷的东西。不过什么也比不上摆在壁炉上、位于挂钟两边的那两个坐着的小瓷人。它们会自动摇头和吐舌头。我听说它们来自中国，于是决定自己也去一趟中国。难的是怎么让保姆带我去。我深信中国就在凯旋门的后面，但是我一直没有办法到那里去。

夫人们的房间里还有一块花地毯，我常在上面开心地打滚，还有一个又深又软和的小沙发，我时而把它当船，时而把它当马或车。黑衣夫人，我觉得她有点胖，非常温柔，从不责备我。白衣夫人则有点凶和不耐烦，不过她笑起来是那么好看！我们三个相处得很和睦，我在小脑袋瓜里盘算好了：以后只有我才能进两个小瓷人的房间。我向白衣夫人透露了这个想法，我觉得她对此有点不当回事儿；但她拗不过我，就答应了我所有的要求。

她是答应了。然而有一天，我发现一位先生坐在我的沙发上，脚踩在我的地毯上，心满意足地和我的两位夫人说着话。他甚至还递给她们一封信，她们看完之后又将信还给他。这让我很不爽，于是我开口要糖水喝，因为我渴了，同时也是为了引起他们的注意。的确，那位先生看了我一眼。

"这是位小邻居。"黑衣夫人说。

"他妈妈只有他一个孩子，对不对？"那位先生接着说。

"对,"白衣夫人说,"不过您凭什么这么认为?"

"因为他看上去像是一个被溺爱的孩子,"那位先生继续道,"冒失又好奇。他现在眼睛瞪得有过马车的门洞那么大。"

我瞪大眼睛是为了更好地看清楚他。不是我吹的,在听了他们的谈话后,我竟然很了不起地弄明白了白衣夫人有一位丈夫,在一个很远的国家当什么差,来客是替那位丈夫捎信的,她们感谢他的热心并祝贺他当了一等秘书。所有这些都让我很不高兴,走的时候,为了惩罚白衣夫人,我拒绝拥抱她。

这天,在吃晚饭的时候,我问爸爸什么是秘书。爸爸没搭理我,妈妈说那是一个用来放文件的小家具①。怎么会有这种事?我被安顿睡下,那些脸部正中长着一只眼睛的怪兽们成群结队地围着我的床不停地转悠,比任何时候都变本加厉地做着鬼脸。

要是您认为第二天我想起了在白衣夫人家里见到的那位先生,您就错了;因为我已经从心里把他忘得一干二净,就看他愿不愿意从我的记忆中彻底消失了。可是他竟然敢再次出现在我的两个朋友家里。我不知道这是在

---

① 法语中的"秘书"和"橱柜式写字台"是同一个词(secrétaire)。

我第一次见到他的十天后还是十年后。我倾向于认为是十天后。真没想到这位先生就这样抢了我的位置。这回我仔细将他打量了一番,发现他毫无可爱之处。他的头发很亮,黑黑的小胡子,黑黑的颊髯,刮干净的下巴中间有一道窝儿,身材修长,衣着华丽,外加一副心满意足的神情。他说起外交部长的小屋子①,谈到戏剧、时尚和新书,还有那些晚会和舞会,说他在那里白费心机地追那些夫人们。而她们竟然都听他讲!就这,这也算是聊天吗?难道他就不能像黑衣夫人和我聊天那样,说说那个有着焦糖堆成的山、柠檬水汇成的河的地方吗?

他离开后,黑衣夫人说他是个可爱的年轻人。而我却说他又老又丑。这可乐坏了白衣夫人。可是,这并不好笑啊。但事情就是这样,她总是笑我说的话或者不听我说。白衣夫人就这两个缺点,如果不算令我绝望的第三个缺点的话:那就是哭,哭,哭。妈妈跟我说大人从来不哭。唉!那是因为她没有和我一样见过白衣夫人侧身倒在椅子上,膝盖上放着一封打开的信,仰着头,用手绢捂着眼睛的样子。这封信(我现在敢打赌那是一封匿名信)让她很伤心。真遗憾,因为她那么会笑!这两次拜

---

① 这里指外交部长办公室,法语中的"部长办公室"和"小屋子"是同一个词(cabinet)。

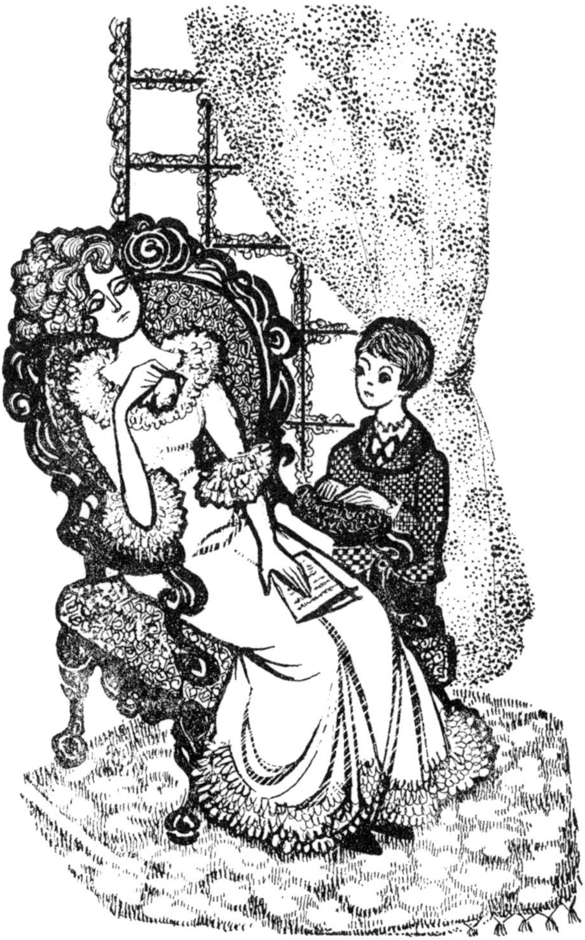

访使我萌生了向她求婚的念头。她告诉我她在中国有一个大丈夫,这下在马拉盖堤岸①要有一个小丈夫了;这事说定后,她给了我一块蛋糕。

可是黑颊髯先生经常来。一天,白衣夫人正跟我说她要让人从中国给我带几条蓝色的鱼②和用来钓这些鱼的鱼竿的时候,他让人通报他来了,然后就被请了进来。从我们互相注视的方式就可以看出我们都不喜欢对方。白衣夫人告诉他,她姑妈(她是说黑衣夫人)去给两个小瓷人③买东西了。可我看到两个小瓷人就在壁炉上,我觉得不需要出门去给它们买什么东西。不过,令人费解的事情每天都会出现!那位先生好像一点都不因为黑衣夫人不在而感到难过,他对白衣夫人说要和她认真地谈谈。她在靠背座椅上美美地整了整梳妆,示意他她在听。可是他看着我,好像有点为难。

"这个小男孩他很乖,"他开口说,用手摸了摸我的头,"不过……"

"他是我的小丈夫。"白衣夫人说。

---

① 位于巴黎六区塞纳河沿岸,圣日耳曼德佩区。作者曾居住于马拉盖堤岸 15 号的小希迈公馆(1844—1853)。
② 可能是景泰蓝做的鱼。
③ "两个小瓷人"指当时巴黎以此命名的一家时新服饰用品店,后改为咖啡馆,即现在的双叟咖啡馆。文中小孩并不知道有这样一家店,故误认为是白衣夫人家里的两个小瓷人。

"好吧!"他接着说,"您能不能打发他回他妈妈那儿去?我要说的话只能您一个人听。"

她让步了。

"亲爱的,"她对我说,"去餐厅玩吧,等我叫你了你再回来。快去,亲爱的!"

我心情郁闷地去了餐厅。不过餐厅倒是很奇特,因为里面有一幅钟画,画着蓝天下、大海边有一座山,山上有一座教堂。报时的时候,有一艘船在波浪上摇荡,一列火车拖着几节车厢从一个隧道里钻出来,还有一个气球升到空中。不过当心灵忧伤时,什么都无法让它高兴起来。再说那幅钟画一动不动,上面的火车、船和气球好像只有在准点的时候才会启动,可是一个小时真的很漫长!至少那会儿是这样。幸亏厨娘进来从碗橱里拿东西,见我闷闷不乐的样子,就给了我一些果酱以平息我内心的忧伤。但是果酱吃完后,我又重新难过起来。尽管画钟并没有报时,但我觉得我已经在伤心孤独中度过了很多很多个小时。从隔壁房间不时传来那位先生很大的说话声;他在求白衣夫人,接着又好像在生她的气。这下可好了。不过,他们难道没完了吗?我一会儿压扁鼻子把脸贴在玻璃上,一会儿揪椅子的棕丝,一会儿抠大糊墙纸上的洞,一会儿扯着帘子上的流苏,天知道我还干了什么?无聊是一件可怕的事。最后,我终于忍不住了,蹑手蹑脚地一直走到小瓷人房间的门口,抬起胳膊去够门把手。我知道自己的行为又冒失又不当;但我竟因此产生了某种骄傲感。

我打开门,发现白衣夫人靠着壁炉站着。那位先生跪在她脚下,张大双臂像是要拥抱她。他的脸比公鸡的鸡冠还要红;眼睛鼓了出来。一个人怎么会变成这副模样?

"别说了,先生。"白衣夫人说,她的脸比平时红并且很慌乱……"别说了,既然您说您爱我;别说了……别让我感到后悔……"

她看起来好像有点怕他,显得精疲力竭。

他一看到我就很快起身,我觉得有那么一瞬间他想把我从窗户扔出去。而她呢,非但没有如我所料的那样责怪我,反而一边唤我亲爱的一边把我紧紧搂在怀里。

她把我抱到沙发上后,挨着我的脸小声抽泣了许久。当时只有我们两个。为了安慰她,我对她说,那个颊髯先生是个坏蛋,如果和说好的一样,她只和我在一起的话就不会伤心。不过没关系,我不介意,我觉得大人们有时候很古怪。

我们刚刚平静下来,黑衣夫人就拎着几包东西进来了。

她问是否有人来过。

"阿尔诺先生来过,"白衣夫人镇静地回答,"不过他就待了片刻。"

这个嘛,我很清楚是句谎话;但是白衣夫人的精灵可能已经在我身边待了有一会儿了,它将看不见的手指放到我的嘴上,让我别出声。

我再也没见过阿尔诺先生,我和白衣夫人的爱情也再没被人搅和过;也许,这就是为什么我对这件事没什么印象了。一直到昨天,也就是三十多年后,我还不知道她后来怎么样了。

昨天,我去参加外交部的舞会。我同意帕默斯顿勋爵①的话,他说如果没有玩乐的话,生活会变得可以忍受。我的日常工作既没有超出我的体力,也不过度消耗我的脑力,而且我也对它产生了兴趣。让我不堪重负的是那些官方招待会。我知道去外交部参加舞会既乏味又无益;我明明知道,可我还是去了,因为思考起来很明智、行动起来却很荒诞是人之常情。

我刚走进大客厅就听人通报××大使和××夫人到了。我见过大使几次,他清秀的脸上透着倦意,这种

---

① 帕默斯顿(1784—1865),曾任英国外交大臣(1830—1841,1846—1851)、首相(1855—1858,1859—1865)。

疲惫好像不全是因为外交工作的关系。据说,他经历过一个不安分的青年时代,在男人聚会的地方流传着关于他的好几桩风流韵事。三十年前他在中国时的艳遇尤其多,成为大家私底下喝着咖啡津津乐道的话题。他夫人,之前我还未能有幸结识,好像有五十多岁了。她身着一袭黑色的服装;精美的花边完美地裹衬着她半老徐娘的身子,昔日的风姿依稀可辨。我非常高兴被引见给她;因为我无比看重和年长女人的交谈。在伴着年轻女子翩翩起舞的小提琴声中,我们聊了无数的话题,她最后偶然向我谈到了自己在马拉盖堤岸的一所旧公馆度过的时光。

"您就是白衣夫人!"我惊叫道。

"的确,先生,"她说,"我那时总穿一身白。"

"我,夫人,我是您那时的小丈夫啊。"

"什么!先生,您就是那位出色的诺齐埃大夫的儿子?您那时很喜欢吃蛋糕。现在还喜欢吗?那来我们家吃吧。我们每周六都有一个私密茶叙。真是人生何处不相逢!"

"那么黑衣夫人呢?"

"现在我是黑衣夫人了。我可怜的姑妈在打仗那年去世了。她在生命最后的日子里常常说起您。"

我们正这样聊着,一位白胡子白颊髯的先生毕恭毕敬地向大使夫人行了个礼,举止中透着一位老帅哥略显僵硬的翩翩风度。我似乎清清楚楚认出了他的下巴。

"阿尔诺先生,"她对我说,"一个老朋友。"

三 我送你这朵玫瑰花

那时我们住在一所装满了稀奇古怪的东西的大公寓里。墙上陈列着作为战利品的野人的武器,上面顶着头骨和头发;天花板上悬挂着非洲独木舟和船桨,紧挨着它们的是肚子里填满了稻草的钝吻鳄;橱窗里摆放着鸟、鸟巢、珊瑚枝,以及无数似乎充满怨气、不怀好意的小骨骼。我不知道父亲和这些面目狰狞的造物签了什么契约,现在我知道了:这是收藏家的契约。那么理智和淡泊的一个人,却梦想着把整个大自然塞进一个橱柜里。这是为了科学的利益;他说,他也这么相信;但其实是出自收藏家的嗜好。

整个寓所充满了自然奇观。只有小客厅没有被动物学、矿物学、人种志和畸胎学占领;那里,既没有蛇的鳞片,也没有龟壳,没有任何骸骨,没有燧石制的箭头,没有印第安人的战斧,那儿只有玫瑰花。小客厅的墙纸上缀满了玫瑰花。这是些含苞待放的玫瑰,它们谦卑地闭合着,长得一模一样,漂亮极了。

妈妈对比较动物学和头骨测量心怀不满,白天就在小客厅的缝纫桌前度过。我在她脚边的地毯上玩一只三条腿的绵羊,以前它有四条腿,正因如此,它不配与我爸爸畸胎学藏品中的长着两个头的兔子放在一起;我还有一个驼背丑角木偶,它的胳膊会动,散发着一股油漆味:那时候的我似乎想象力特别丰富,因为驼背小丑和绵羊为我扮演着无数奇怪剧情中的不同人物。当绵羊或驼背小丑遇到了非常有趣的事,我就会告诉妈妈。不过总是白费力气。要指出的是,大人们永远听不太懂孩子们的解释。我妈妈心不在焉。她听我讲的时候不够专心。这是她的一大缺点。不过她会用她那双大眼睛那样看着我,叫我"小傻瓜",足以将功抵过。

一天,在小客厅,她放下手中的刺绣,把我从地上抱起,指着墙纸上的一朵花,对我说:

"我送你这朵玫瑰花。"

为了好辨认,她用刺绣针在上面标了个十字。

从来没有任何礼物令我感到如此幸福。

四　爱德华的孩子们①

"我的小男孩头发乱蓬蓬的,像个强盗!瓦朗斯先生,麻烦您给他理一个'爱德华的孩子'的发型。"

和妈妈说话的瓦朗斯先生是一个瘸了腿却身手敏捷的老理发匠。光是看到他就让我想起加了热的铁发出的那令人恶心的味道。我很怕他,一来因为他那双抹着发蜡的油腻腻的手,再有就是他每次给我理发都有头发落到我的脖子上。所以,每当他往我身上套白罩袍,在我脖子上围毛巾的时候,我总是想挣脱,于是他就对我说:

"我的小朋友,你总不愿意留着和野人一样的头发吧,像是刚从美杜莎之筏②上下来似的。"

---

① 《爱德华的孩子们》是法国画家保罗·德拉罗什(1797—1856)一幅著名的画,主题为爱德华四世的孩子们,画中爱德华五世和约克公爵理查坐在伦敦塔中一个房间里的床上,头转向凶手将要打开的门,一只小狗竖起耳朵盯着看。这幅画在当时很受欢迎,画中爱德华孩子们的发型由此流行起来。
② "美杜莎号"为法国政府派往塞内加尔的一艘巡防舰,于1816年7月2日失事,船上的147人搭乘一个临时扎成的木筏逃生。12天后,"阿耳戈斯号"帆船救起15个奄奄一息的人,其他人在死后被扔进大海或被活着的人吃掉。法国画家席里柯曾为此创作《美杜莎之筏》。

他用南方人洪亮的声音逢人便讲失事的"美杜莎号",他历尽千辛万苦才得以逃生。什么救生筏啊,徒劳的求救信号啊,人肉饭啊,他说这些的时候带着一种善于事事都看好的一面的人的乐观情绪;因为瓦朗斯先生是一个生性快乐的人!

这天,我觉得他给我理发理得太慢了,而且,到了我可以照镜子的时候,我发现他给我理的发型很奇怪。我看见自己的头发被理得直直的,像无边软帽一样压在眉毛上面,两边的头发像西班牙长毛垂耳狗的耳朵一样垂到脸颊上。

妈妈大喜过望:瓦朗斯真的给我理了个爱德华的孩子们的发型。因为那天我正好穿了一件黑色天鹅绒的罩衫,实在太像了,她说,只差把我和我哥哥关进塔里了……

"要是有人敢关的话!"她补充了一句,一边神气十足地一把抱起我。

然后她把我搂得紧紧的,一直把我抱到车子里,因为我们要去做客。

我问她那个我不认识的哥哥是谁,那座吓人的塔又是什么。

于是我妈妈,带着天使般的耐心和为爱而生的人们身上的那种快乐的单纯,用一种充满诗意的儿语给我讲爱德华国王的两个漂亮又善良的孩子是如何被他们的坏叔叔理查从母亲身边抢走然后闷死在伦敦塔的一个黑牢中的。

她很可能是从当时流行的一幅画中得到了启发,还补充说,凶手靠近的时候,孩子们的小狗叫了起来,向他们发出警告。

她最后说虽然这是个非常古老的故事,但是因为它太动人太美丽了,所以人们不断地把它画成画或搬上舞台,所有的观众都因此落泪,她也是,和他们一样哭过。

我对妈妈说让她哭成那样,让她和所有人哭成那样,得有多坏啊。

她回答说,恰恰相反,那需要有一颗伟大的灵魂和出色的才华,不过我不明白她的话。我那时对眼泪带来的快感一无所知。

车子将我们带到了圣路易岛的一所我不认识的老房子前。我们沿着一个石头楼梯上去,磨旧的台阶布满裂缝,冷冷地迎接我。

到了第一个拐角,一只小狗叫了起来。"是它,"我心想,"这是爱德华的孩子们的狗。"于是一种突如其来的、不可战胜的、疯狂的恐惧攫住了我。显然,这楼梯,就是那座塔的楼梯,而头发剪成无边软帽状、穿着天鹅绒罩衫的我,就是爱德华的孩子。有人要害死我。我不想死。

于是我拽住妈妈的裙子喊道：

"带我走，带我走！我不要上这座塔的楼梯。"

"别叫，小傻瓜……好了，好了，我亲爱的，别怕……这孩子真的太紧张了……皮埃尔，皮埃尔，我的小娃娃，乖。"

可是，我紧张得浑身僵硬，直挺挺地吊在她的裙子上，什么也听不见；我又叫又吼，几乎窒息。我眼中充满了恐惧，迷失在无限的惊恐生出的各种幻影中。

听到我的叫喊声，楼梯平台上的一扇门打开了，从里面出来一位老先生，他头戴一顶希腊便帽，身着睡衣，尽管我很害怕，但我还是认出了他是我的朋友罗宾，罗宾我的朋友，他常常把糕点放在帽子的夹层里带给我，每周一次。他是罗宾没错；但是我没想到他会住在塔里，因为我不知道这座塔是一所房子，这房子那么老，这位老先生当然应该住在这里。

他向我们伸出双臂，左手拿着鼻烟盒，右手的拇指和食指间捏着一撮烟丝。是他。

"进来吧，亲爱的夫人！我妻子好点了；见到您她会很高兴的。不过，皮埃尔主人好像不太安心。是我们的小狗吓着他了吗？——过来，菲耐特。"

这下我放心了；我说：

"您住的这座塔真难看，罗宾先生。"

听了我的话,妈妈捏了一下我的胳膊,我非常清楚她的意图,她想阻止我向我的好朋友罗宾要蛋糕吃,而这正是我要做的。

在罗宾先生和夫人的黄客厅里,菲耐特帮了我大忙。我和它玩,脑子里一直认定它曾对着要害爱德华的孩子们的凶手狂吠过。所以我把罗宾先生给我的蛋糕分给它吃。不过人是没有常性的,特别是小孩子。我的思绪从一件事跳到另一件事,就像小鸟在树枝上跳来跳去,然后重新回到爱德华的孩子们身上。我对他们形成了自己的看法,急于把它说出来。我拽着罗宾的袖子把他拉过来。

"喂,罗宾先生,您知道,要是妈妈在伦敦塔里的话,她一定会阻止那个坏叔叔用枕头闷死爱德华的孩子们的。"

罗宾先生好像并没有完全明白我想说什么;不过,当我和妈妈在楼梯上又单独在一起时,她用双臂把我举起来:

"小鬼!让我抱抱!"

五 一串葡萄

我那时很幸福,非常幸福。爸爸妈妈和保姆在我眼中是非常温柔的巨人,是永恒不变的世界之初的见证,是独一无二的。我深信他们会保护我不受任何伤害,在他们身边我有一种十足的安全感。我对妈妈的信任是无限的:当我回想起女神一般的妈妈,那种美好的信任,我忍不住想对那个还是小娃娃的我送去亲吻,深知在这个世界上完好无缺地保留一种情感有多难的人都会明白想要投入那样的回忆的那种冲动。

我非常幸福。我的脑子里充满了无数既熟悉又神秘的事,这些事本身微不足道,但却是我生活的一部分。我的生活虽然很渺小,但也是一种生活,意味着万物的中心,世界的中央。请别笑话我这么说,或者即便想笑也请只是出于善意,您得想想这一点:任何生命,哪怕只是一条小狗,都处于万物的中心。

我对事事都喜闻乐见。每当我妈妈打开她那个带镜子的衣柜,都会让我生出一种敏感而充满诗意的好奇心。那么这个衣柜里到底有什么呢?我的上帝!里面有那么多东西:衣服,香袋,纸箱,匣子。我现在怀疑我妈妈对匣子情有独钟。她有无数各种各样的匣子。这些不让我碰的匣子引我深思。我的玩具同样让我的小脑袋不停地转动;至少那些许诺给我的、我期盼着的玩具是这样;因为已经拥有的玩具对我来说不再神秘,因此也就失去了魅力。可是我梦想中的玩具真的好美!另一个奇迹是,用一支铅笔或钢笔可以画出那么多的线条和图像。我经常画一些士兵;我画一个椭圆形的头,在头上画一个筒状军帽。观察了无数遍后我才将军帽齐眉画在脑袋上。我对鲜花、香味、餐桌上的美食和华服都很敏感。我那带羽毛的高帽子和花色条纹袜都会让我生出几分骄傲。不过比起每一件单独的事物,我更钟爱的是所有这一切构成的整体:房子,空气,阳光,我怎么知道呢?总之就是生活!一种浓浓的温情围绕着我。我就像一只在毛茸茸的鸟巢里甜蜜地蹭来蹭去的小鸟一样,再幸福不过了。

我是幸福的,非常幸福。不过,我却羡慕着另一个孩子。他叫阿尔封斯,我不知道他还有什么名字,很可能他只有这一个名字。他妈妈是洗衣妇,在城里干活。阿尔封斯整天在院子里或河畔闲逛,我从窗户里观察他那张脏兮兮的脸、乱蓬蓬的黄头发,他那没有后裆的裤子和踩在流向阴沟的水中的旧拖鞋。我也好想像他一样任意踩在水里。阿尔封斯常在厨娘们身边转悠,招来她们许多耳光或一些废馅饼皮。有时候马夫派他去水泵那里打水,他脸涨得通红,舌头伸在外面,神气地提着水桶回来。我好羡慕他。他不像我似的要学拉封丹寓言;也不用担心因为罩衫上的一块污渍而挨骂,他!他不用对那些他不在乎白天和夜晚过得是好是赖的人说:"您好,先生!您好,夫人!"虽然他没能像我一样有一艘诺亚方舟和一匹机动玩具马,但他却可以任意玩他抓来的麻雀,逗弄像他一样四处流浪的狗,甚至和马厩里的马玩,直到马车夫拿笤帚柄把他赶出来。他自由自在又敢作敢为。他从院子里——那是他的地盘——看着窗口的我,就像人们看着一只笼中的小鸟。

这个庭院因为有各种各样的牲口和进进出出的仆人而洋溢着欢乐的气氛。院子很大;从南面将院子围住的主楼上面覆盖着盘根错节的干枯老葡萄藤,藤上有一个日晷,风吹日晒抹去了上面的数字。那根悄无声息在石头上游走的晷针令我惊讶不已。在我唤起的所有往事中,这个旧庭院的回忆对现在的巴黎人来说是最不可思议的事情之一。因为他们现在的院子只有四平米;在那里只能瞥见五层伸出屋外的食品贮藏室之上的一小块天空,如手绢般大小。这就是进步,但却有碍健康。

在这个庭院里,家庭主妇们早上拿着水罐到水泵那里去打水,厨娘们在六点钟左右出来洗刷装在黄铜丝篮子里的生菜,一边和马车夫们聊天。有一天,这个气氛如此欢乐的院子被除去了铺路石。除去铺路石是为了重新铺;但因为施工期间下了雨,院子变得泥泞不堪。而阿尔封斯就像生活在自己森林里的林神一样,从头到脚都是泥。他兴高采烈地搬着铺路石。他抬起头,看见关在上面的我,就示意我下来。我好想和他一起搬砖头。可是我，我房间里没有砖头可以搬。恰好公寓的门是开着的，于是我下到了院子里。

"我来了。"我对阿尔封斯说。

"拿着这块砖。"他对我说。

他神情粗野，声音沙哑；我听从了他。突然我手中的石头被人夺走，我感觉自己被提溜了起来。原来是我的保姆生气地把我抱开了。她一边用马赛皂给我清洗，一边羞我和一个小流氓，一个四处闲逛的人，一个淘气鬼一起玩。

"阿尔封斯，"妈妈补充道，"阿尔封斯没教养；这不是他的错，而是他的不幸；但是有教养的孩子不应该和没教养的人来往。"

我是一个很聪明又爱思考的孩子。我记住了妈妈的话，这些话不知怎么地和我让人讲给我听的那本旧版画《圣经》上被诅咒的孩子的故事联系在了一起。我对阿尔封斯的感情完全变了。我不再羡慕他了，不。他在我身上唤起了一种恐惧加怜悯的感情。"这不是他的错，而是他的不幸。"妈妈的这句话令我深感不安。妈妈，您这句话说得真好；您在我幼小的时候就让我知道不幸的人是无辜的。您的话充满了善意；我该在我日后的生活中时刻牢记它。

至少这次，这句话起到了作用，我于是同情起被诅咒的孩子的命运来了。一天,他在院子里折磨一位年老的女房客养的鹦鹉。我带着一个善良的小亚伯所有的愧疚盯着这个可怜又强大的该隐①。唉,是幸福造就了亚伯。我绞尽脑汁想要向那一位表达我的同情。我想到送他一个吻;但是他那张野孩子的脸似乎不适合接受一个吻,所以我从心里放弃了这个礼物。我找了很久可以送他的东西;我真的为难极了。把我的机动玩具马送给阿尔封斯吧,可是这匹马既没有尾巴也没有鬃毛,我觉得有点过分。再说,给人一匹马来表达同情合适吗?我需要的是一份适合被诅咒的孩子的礼物。或者给他一朵花?客厅里有一束束鲜花。可是一朵花和一个吻差不多。我怀疑阿尔封斯是否会喜欢花。我不知所措地在餐厅转了一圈。突然,我高兴地拍了一下手:有了!

碗橱上的一个果盘里装着非常漂亮的枫丹白露葡萄。我爬上一把椅子,从中拿了一串长长的、沉甸甸的、装满了果盘四分之三的葡萄。浅绿色的葡萄侧边泛着金光,让人觉得它会入口即化,无比美味;不过我没有尝。我跑到妈妈的缝纫桌旁拿了一团线。那里的东西我是一点都不能动的。不过有时应该学会违抗命令。我把葡萄系在线的一头,俯身在窗户栏上,叫来阿尔封斯,然后慢

---

① 《圣经》中亚当的长子,因嫉妒杀死了胞弟亚伯。

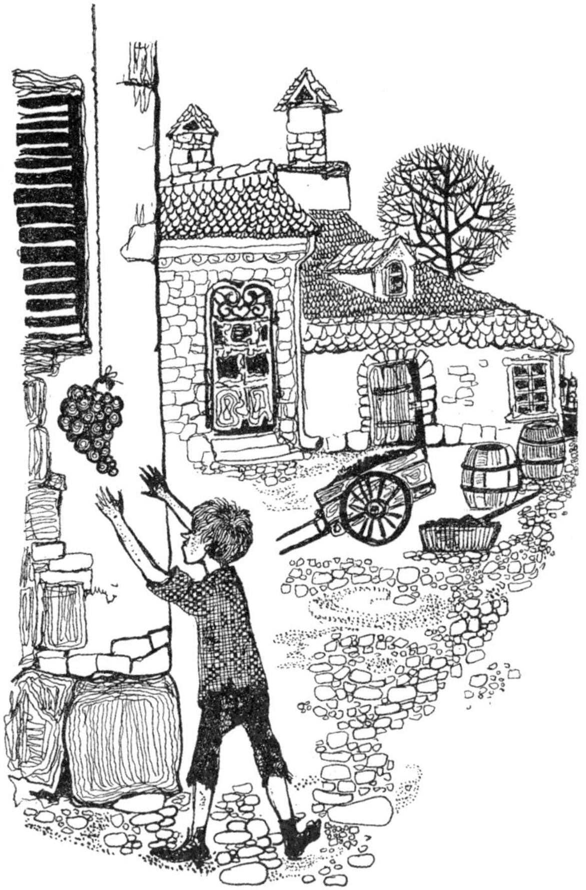

慢把葡萄往下放到院子里。为了看清楚那串葡萄,那个被诅咒的孩子拨开挡在他眼前的几缕黄头发,当伸手就能够得着葡萄的时候,他将葡萄连同线一把扯下;然后,重新抬起头,对我吐了吐舌头,轻蔑地用拇指顶着鼻尖晃了晃,拿着葡萄转身跑了。我从来没有见过我的小朋友们这么对我。起初我很恼火,但是转念一想,我又平静了下来。"我没有送他一朵花或一个吻是对的。"我想。

一想到这里我的怨恨气全消了,毋庸置疑,当自尊心得到满足时,其他的都无关紧要了。

不过,想到要向妈妈忏悔我的这一贸然之举,我陷入了深深的沮丧。我猜错了,妈妈虽然责备了我,但是很开心:我从她含笑的眼睛里看得出来。

"应该拿自己的东西去给人,而不是拿别人的东西,"她对我说,"而且要会给。"

"这是幸福的秘密,很少有人知道这一点。"爸爸补充道。

他知道！他！

六　金眼睛的玛赛儿

我那时五岁,那个时候我对世界的看法现在可能已经变了;这一点很遗憾,那个时候,我眼中的世界充满了魅力。一天,我正一门心思地画着小人儿,妈妈突然叫我,她也不想想会打扰到我。妈妈们总是有点冒失。

这次是要给我打扮一下。我觉得没那个必要,也感到很麻烦,就又是挣扎,又是做鬼脸;很让人头疼。

妈妈对我说:

"你教母要来:要是你不穿好衣服可就糟了!"

我教母!我还没见过她呢;我压根儿不认识她。我甚至不知道她的存在。不过我很清楚教母是什么:我在故事里读到过,也在画上看见过;我知道教母是一个仙女。

我任由亲爱的妈妈梳洗。我想着我的教母,迫不及待地想认识她。尽管平时最爱问东问西,我却对我急于知道的事一句都没问。

"为什么?"

"您问我为什么?啊!因为我不敢;因为,就我理解,仙女希望保持沉默和神秘;因为在感情中有一种非常珍贵的朦胧的东西,就连世上最稚嫩的灵魂,出于本能,都渴望留住它;因为无论大人还是小孩,他们都有一些无法言说的东西;因为虽然我不认识我教母,但我已经爱上了她。"

接下来我会让您大吃一惊,不过幸亏真相有时会出人意料，才让它变得容易接受……我的教母美若天仙。我一看到她就认出了她。她就是我想象的那个模样，是我的仙女。我不动声色地端详着她，内心欣喜若狂。这次，现实竟然破天荒地能和一个小孩子梦想中的美丽事物相媲美。

教母看着我：她有一双金色的眼睛。她冲着我微笑，我看见她有一口小牙齿，和我的差不多大。她说着话：声音如林中小溪般清亮悦耳。她亲了亲我，她的双唇清凉如水，我现在仿佛还能感觉到它们亲在我的脸上。

看到她我感到无比甜蜜，这似乎是一次十全十美的见面；因为在我对此尚存的回忆中，没有任何瑕疵。这段回忆呈现出一种灿烂的单纯。我教母总是这样出现在我眼前：朱唇微启冲着我微笑，亲我，站在那里，张开双臂。

她把我从地上抱起对我说：

"宝贝，让我看看你眼睛的颜色。"

然后，晃了晃我的头发卷：

"他的头发是金色的，但将来会变成棕褐色。"

我的仙女能够预知未来。不过她宽容的预言并没有完全言中。我现在的头发，已经既不是金色也不是黑色的了。

第二天，她给我送来一些似乎并不适合我的玩具。我生活在我的书本、图画、胶水瓶、颜料盒和一整套聪明体弱的小男孩的装备中,我深居简出,幼稚地通过自己的玩具摸索对形状和颜色的感知,那是无数痛苦和欢乐的源泉。

我教母挑的玩具和我的这些习惯很不搭。那是一整套运动男孩和小体操运动员的装备:吊杠、绳子、杠铃、铅球、哑铃等一切用来练就孩子的力量和男子气概所需要的东西。

遗憾的是,我已经习惯了书桌,爱上了晚上在灯下耐心剪裁东西,对图像有着深深的感受力。所以,当我走出天才艺术家的娱乐世界时,出于一时的疯狂和一种想要制造混乱无序的欲望,我疯狂地投入一些毫无规则和节奏的游戏:玩抓小偷、沉船、火灾。我觉得这些涂漆的黄杨和铁制成的装置全都冷冰冰、沉甸甸的,没有脾气,没有灵魂。只有在我教母教我使用的过程中,这些东西才因她而沾了一丝魅力。她勇气十足地举起哑铃,双肘往后拉,向我示范它们是如何经过后背和胳膊底下使胸肌发达的。

一天,她把我抱在她膝盖上,许诺给我一艘船,一艘有着全副帆缆索具,带着所有的帆,还有舷窗炮的船。我教母说起航海就像经验丰富的老水手一样。她不会漏掉桅楼,也不会漏掉艉楼、桅杆的支索、顶桅,还有顶帆。她说起这些奇怪的词来没完没了,并且好像对它们充满了友爱。也许它们唤起她很多回忆。仙女嘛,就是在水上行走的。

这艘船,我没有收到。不过,即使是在我很小的时候,我也从不需要拥有什么之后才能享受它们,仙女的船充实了我不少时间。这艘船常常在我眼前浮现,现在也是。那已不是一个玩具。那是一个幽灵。它悄无声息地滑行在雾蒙蒙的海上,船上有一个女人,纹丝不动,双臂麻木,大大的眼睛空洞无神。

我应该再也没见过我教母。

从那时起我就对她的性格有了一种正确的认识。我感到她是为爱而生,是为让人快乐而来的,这就是她在世上的使命。唉,我想得没错!从那时起,我就知道玛赛儿(她叫玛赛儿)只做过这一件事。

很多年以后我才得知关于她的一些事。玛赛儿和我妈妈是在修道院认识的。玛赛儿在友谊中投入一种超乎寻常的热情和疯狂,我妈妈比她大几岁,她太听话,安分守己,无法成为玛赛儿殷勤的女伴。唤起玛赛儿最荒唐感情的寄宿女生是一个商人的女儿,一个文静的胖姑娘,爱嘲笑人又见识狭隘。玛赛儿的视线一刻也离不开她,为她朋友的一句话、一个手势就哭成泪人,缠着她要她发誓,每时每刻都会因嫉妒而发火,还在自习室给她写长达二十页的信,最后弄得那个胖姑娘终于不耐烦了,声称自己受够了,让玛赛儿不要再烦她了。

可怜的玛赛儿退出了,沮丧万分,伤心欲绝,于是妈妈可怜起她来。就这样,她俩的友谊开始了。不久之后,妈妈就离开了修道院。她们承诺互相看望,并且也信守着这一诺言。

玛赛儿的父亲是世上最好的男人,有魅力,很机智却缺乏常识。在航行了二十年后,他毫无理由地离开了航海业。大家很惊讶。也许应该惊讶他竟然服务了那么多年。他的财富寥寥无几,积蓄可怜巴巴。

一个雨天,他透过窗户看见正在步行的妻子和女儿,她们穿着裙子,打着晴雨两用伞,行动很不方便。他第一次察觉到她们没有马车可坐,这一发现让他很伤心。他顿时明白了自己的价值,于是卖掉了妻子的首饰,向几个朋友借了钱,跑去巴德①赌博。因为他有一个万无一失的输后赌注加倍的赌法,所以他下了很大的赌注,想以此赢来马匹、四轮马车和仆人。一星期后,他身无分文地回到家,对自己的赌法却更加深信不疑。

他在布利还剩一小块地,用来种菠萝。种了一年后,就不得不把地卖掉来付温室的费用。然后,他投入到各

---

① 巴德是法国的一个赌城。由于它吸引了一些半上流社会的人,不利于水城和度假村的声誉,以致到了十九世纪末赌博被取消。

种机器的发明中,就连妻子去世他也没怎么管。他给部长们,给议院,给法兰西研究院,给学社,给所有人寄去图纸和论文。这些论文有些是用诗体写成的。他还是能挣来几个钱,够他生活。这真是奇迹。玛赛儿觉得这很简单,她用拿到手的一百苏①的硬币买各种各样的帽子。

当时身为年轻女孩的我妈妈不理解这种生活方式,玛赛儿令她感到胆战心惊。不过她爱玛赛儿。

"要是你知道,"妈妈无数遍对我说,"要是你知道她那时有多可爱就好了!"

"啊!亲爱的妈妈,我完全想象得出。"

不过她们之间闹过别扭,起因涉及一种微妙的感情,对此我们不应该含糊其词以隐瞒我们亲爱的人的过错,但是也不应该像其他随便什么人一样去分析它。我是说,我不应该,也不能这么做,因为我对这件事只有一些极其模糊的线索。我妈妈那时有一个未婚夫,他是一个年轻的医生,后来娶了她,成了我父亲。玛赛儿很迷人;这一点我已经对您说得够多了。她招人爱也渴望爱。我父亲那时还年轻。他们经常见面,交谈。谁知道还有什么?……妈妈结婚后就不再见玛赛儿了。

不过,在两年的放逐之后,金瞳美人得到了宽恕。这

---

① 法国辅币名。

一宽恕,她便当了我的教母。那期间,她也结婚了。我想,这一点大大有利于她们的和解。玛赛儿深爱她的丈夫,那是一个黑黑的小个子丑八怪,七岁就开始在一艘商船上航海。我十分怀疑他贩卖过黑人。因为他在里约热内卢有一笔财产,他就把教母带去了那里。

妈妈经常对我说:

"你无法想象玛赛儿的丈夫长什么样:一个丑八怪,一只猴子,从头到脚穿着一身黄色的猴子。他什么语言都不会。只是每种语言都知道一点点,只会通过喊叫、打手势和转动眼珠来表达。说句公道话,他有一双漂亮的眼睛。我的孩子,别以为他是墨西哥岛①的,"妈妈补充道,"他是法国人,出生在布雷斯特,姓杜邦。"

顺便告诉您一下,我妈妈把凡是不属于欧洲的地方都称作"墨西哥岛";这让我父亲很绝望,他可是写了好几本比较人种志著作的。

"玛赛儿,"妈妈接着说,"玛赛儿发疯似的爱着她丈夫。起初,我们去看他们的时候总觉得打扰到了他们。她幸福地过了三四年;我说幸福是因为要考虑到各人的癖好,萝卜青菜各有所爱。但是,在她来法国旅行时……你不记得的,那时你太小了。"

---

① 指组成墨西哥半岛的岛屿。

"噢！妈妈，我记得清清楚楚。"

"好吧！她在这儿旅行期间，她的黑丈夫在那儿，在墨西哥岛，染上了可怕的习惯：他在水手酒吧里和不三不四的女人酗酒。他被砍了一刀。玛赛儿一接到消息就登船起程。她用投入一切事物中的那种无比的热忱照顾他。但他还是吐血死去了。"

"玛赛儿没有回法国吗？妈妈，为什么我没再见过我教母？"

妈妈尴尬地回答说：

"成为寡妇后，她在里约热内卢结识了一些海军军官，他们深深地伤害了她。但你不要因此把她想得很坏，我的孩子。她是个特别的女人，行事和别人不一样。不过，要接待她就难办了。"

"妈妈，我没有把玛赛儿想得很坏，您只需告诉我她怎么样了。"

"我的儿子，一个海军中尉爱上了她，这很自然，因为征服一个这么漂亮的女人满足了他的自尊心，但这也害了她。我就不告诉你他的名字了；他现在是海军准将了，你和他一起吃过好几次晚餐。"

"什么？是 V××，那个脸红红的胖子？嗨，妈妈，他在晚饭后总讲些关于女人的趣事，那个准将！"

"玛赛儿爱他爱得发疯。他走到哪儿她就跟到哪儿。你想象得到,我的孩子,我对这件事不是特别清楚。不过它的结局很可怕。他们两个当时都在美洲,我没法告诉你确切的地点,我从来记不住地理名称。他厌倦了她,找借口离开她回到了法国。她在那边等他的时候,从一家巴黎的小报上得知他和一位女演员一起出现在剧院。她待不住了,于是不顾自己正在发烧,登船起程了。那是她的最后一次旅行。你教母死在了船上,我的孩子,她被缝在床单中扔进了海里。"

这就是妈妈告诉我的事。我所知道的就这些。但是,每当天空呈现淡淡的灰色,风儿发出轻轻的呻吟,我的思绪就会飞向玛赛儿,我会对她说:

"可怜的受难的灵魂,可怜的游荡在滋润了这大地上最初爱情的古老海洋上的灵魂,亲爱的幽灵,噢,我的教母,我的仙女,让你最忠诚的恋人祝福你,让也许是唯一一个还记得你的人祝福你!为你俯身放在我摇篮上的礼物祝福你;为你在我刚刚会思考的时候让我感受到美给那些贪婪地想要了解它的心灵带来的那种甜蜜的痛苦祝福你;让那个你曾经从地上抱起来辨认眼睛颜色的小男孩祝福你!这个孩子,我敢说,他是你最幸福和最好的朋友。你给予他的是最多的,噢,慷慨的女人!因为你用双臂为他打开了梦想的无穷世界。"

七　写在黎明时分的按语

这就是一个冬夜的收获,我的第一束回忆。我是否任它随风而逝?将它束之谷仓岂不更好?我觉得,它会成为美味的精神食粮。

利特雷①先生是人中龙凤,是最博学的人,他很希望每一个家庭都有自己的文献档案和伦理史。"自从,"他说,"一种有益的人生观启发我高度重视传统和保存,我常常遗憾中世纪的自由民家庭没有想到要建一个简单的记事本来记录日常生活中的重要事件,并且,只要家族尚在,就一直让它代代相传。那么,不管那些说明有多简洁,传到我们这个时代的那些笔记该是多么珍贵啊!只需一点持之以恒的用心和理智,就可以挽救多少流失的知识和经验!"

好吧,我本人将实现这位智慧的老人的愿望:这份回忆将被保存下来,以此开启诺齐埃家族纪事。过去的一点一滴都不要遗忘。只有过去才能成就未来。

---

① 埃米尔·利特雷(1801—1881),法国语言学家、词典编纂者、哲学家。

新　　爱

一　隐修植物园

  我那时不认字,穿着开裆裤,保姆给我擦鼻涕时我会哭,但我对荣耀却早已如饥似渴。事实就是这样:在我年幼时,我就沉迷于尽快成名并流芳百世的渴望中。我一边把我的铅制玩具兵摆开放在餐厅的桌子上,一边寻找成名的法子。如果可以的话,我会到战场上去赢得不朽的名声,成为和我用小手摆弄着的将军一样的人。我在一块当作战场的漆布上决定他们战争的输赢。

  但是想要拥有战马、制服、军队和敌人,所有这些获得军事荣耀必不可少的东西可由不得我。所以,我就想当一个圣人。这样需要的装备少但带来的赞誉多。我妈妈很虔诚。她的虔诚——因为她既和蔼可亲又严肃——深深地打动着我。妈妈经常念《圣徒传》给我听,我听得很入迷,这些故事在我心中装满了爱和惊奇。所以我很清楚主的使徒们是如何使自己的生活变得可贵而功德圆满的。我知道殉道者的玫瑰吐露的是怎样一种天堂的芳香。但殉道是一个极端,我是不会选择的。我也没想过去当使徒或去讲道,这些好像非我能力所及。我青睐苦修,因为这是简单易行和万无一失的做法。

为了立即投入苦修,我拒绝吃午饭。妈妈对我的新志向一无所知,她还以为我不舒服,担心地看着我,这让我有点难过。可我依然滴水不进。接着,我想起生活在柱子上的圣西美昂·斯蒂利特①,于是就爬到厨房的水槽上面;但我没法住在那里,因为我们的保姆朱丽迅速把我轰了下来。从水槽下来后,我决心模仿把财富分给穷人的圣尼古拉·德·帕特拉②,带着满腔热忱走向完美之路。我父亲诊所的窗子是朝着河畔的。我从窗户往外扔了十几个苏,这些硬币崭新锃亮,是别人特意送我的;

---

① 圣西美昂·斯蒂利特,《圣徒传》中的柱头隐士,至少有三个叫这同一名字、生活在五六世纪、住在高柱或塔顶上的冥想者。

② 圣尼古拉·德·帕特拉,《圣徒传》中的人物。传说他富有的双亲去世后,为了上帝的荣耀,他将财产分给了穷人。

我随后又把一些弹珠、陀螺和我那个抽着转的陀螺连同它的鳗鱼皮鞭子一起扔了出去。

"这孩子傻了!"我父亲边关窗户边喊。

听到父亲这么说我,我感到又气又羞。不过,我转念一想,父亲不是和我一样的圣人,所以不会把我那份真福者的荣光分了去,于是深感安慰。

到我出去散步的时候,有人给我戴上帽子;我学真福者圣拉布勒①的样儿把上面的羽毛扯下来,因为拉布勒在别人给他一顶脏兮兮的无檐帽时,先将帽子在烂泥里拖来拖去再戴到头上。妈妈在得知散财和帽子事件后,耸耸肩,重重地叹了口气。我真的让她很揪心。

散步途中,我双目低垂,不让自己为外界事物分心,这样就遵从了《圣徒传》中的训诫。

在这次有益身心健康的散步归途中,为了完成我的神圣修为,我将一把旧椅子上的棕丝塞进后背当作苦衣。我又遇到了磨难,因为我正模仿圣弗朗索瓦②的儿子们时,被朱丽逮了个正着。她只看表面而不深入灵魂,见我弄坏了一把椅子就不由分说地打了我一顿屁股。

反思这一天发生的种种不顺,我承认要在家里修行

---

① 圣拉布勒(1748—1783),法国人,从小开始禁食,不停苦修,后来成为乞丐朝圣者,衣衫褴褛,不修边幅,崇尚污秽。

② 圣弗朗索瓦,一名圣徒。

太难了。我明白为什么圣安东尼①和圣杰罗姆②要前往沙漠,去在狮子和羊脚小人③中间生活,于是我决心第二天就隐退到一个隐居处。我选择了植物园里那片小道纵横的树林作为藏身之处。我要在那儿凝思,像隐修士圣保罗④一样,穿着棕榈树叶做的袍子。我心想:"园子里有树根可以吃。有人发现山顶上有一个小木屋。在那儿,我将身处造物主的各种动物中间;用自己的爪子为埃及圣人玛利亚⑤挖墓的狮子也许会来找我,一起去完成埋葬附近的独行者的使命。我会像圣安东尼那样见到长着羊脚的人和长着人身的马。或许,天使会唱着赞歌将我抬起。"

如果有人知道很久以来,植物园对我来说就是一块圣地,它和我那本旧版画《圣经》上画的人间天堂差不多,那么我的这个决定就没什么奇怪的了。我的保姆经

---

① 圣安东尼(约251—356),著名的宗教隐士,基督教修道制度创始人之一。
② 圣杰罗姆(约347—420),罗马帝国后期基督教学识渊博的教父。
③ 指安东尼在沙漠中遇到的小个子、鹰钩鼻、头上长角和有着羊脚的人。
④ 圣保罗,第一位隐修士,为躲避罗马皇帝德西乌斯的迫害逃到上埃及南部地区的特巴伊德沙漠,死于342年,终年113岁,另一位隐士安东尼在两头狮子的帮助下埋葬了他。
⑤ 圣玛利亚(334—421),出生于埃及,独自一人在沙漠中修行并死在那里,传说有一头狮子帮助挖坑埋葬。

常带我去那里,而我在那里感受到一种神圣的喜悦。我觉得那里的天空比其他地方显得更加超凡脱俗,更加纯洁,在那一朵朵从南美大鹦鹉鸟栏上方、从老虎笼子上面、从熊洞和象房上空飘过的云中,我隐约看见长着白胡子、身穿蓝袍的圣父,他张开双臂,用大羚羊和小羚羊、兔子和鸽子祝福我;当我坐在黎巴嫩雪松下时,我看到从圣父指间溢出的阳光透过树枝洒落到我头上。那些吃着我手中的食物的动物们温柔地看着我,让我想起妈妈曾告诉我的关于亚当和最初的纯真年代的故事。天地万物在那里交汇在一起,就像它们从前汇集在诺亚方舟上一样,世界呈现在我眼中,到处焕发着童真的魅力。没有什么能破坏我的天堂。我在那里看到保姆、军人和卖椰子的商贩并不感到碍眼。相反,我在这些卑微和渺小的人身边很开心,因为我是所有人中最小的一个。在我看来一切都很明朗、可爱和美好,因为,天真烂漫的我将一切都化作我童年的理想。

我要到植物园中去生活,去修功德,成为和我记忆里光鲜亮丽的故事中那些了不起的圣人一样的人,我带着这样的决心进入了梦乡。

第二天早上,我的决心依然坚定。我把我的决定告诉了妈妈。她笑了起来。

"谁给你出的主意让你去植物园的树林迷宫当隐修

士?"她边说边给我梳头,不停地笑。

"我想出名,"我回答说,"我要在我的名片上写上'隐修士和日历上的圣徒',就像爸爸在他的名片上写着'医学院获奖者和古人类学会秘书'一样。"

这下惊得妈妈弄掉了手中给我梳头的梳子。

"皮埃尔!"她惊叫道,"皮埃尔!这太疯狂了,真是罪过!我真不幸!我的小男孩还没到拥有理智的年纪就失去理智了。"

接着,她转向我父亲:

"您听见了,我的朋友;他七岁就想出名了!"

"亲爱的朋友,"我父亲回答说,"您看着吧,到了二十岁他就会厌倦荣耀了。"

"但愿如此,上帝保佑!"妈妈说,"我一点也不喜欢虚荣之徒。"

上帝保佑了,我父亲没弄错。就像伊沃托①的国王一样,没有荣耀我活得很自在,也压根儿不想在人们的记忆中刻下皮埃尔·诺齐埃这个名字。

不过,当我现在带着遥远的回忆的队列在凄凉而荒废的植物园散步时,我不可思议地忍不住想要向陌生的

---

① 法国城镇,位于滨海塞内省。有一首歌唱道伊沃托的国王是个专注于生活的不出名的人物。

朋友讲述我曾经想在这里隐修的昔日梦想,就好像这一孩子的梦想能够通过他人的脑海传递给这个地方一个温柔的微笑。

这对我来说也是关系到我从六岁起就放弃了军旅生活是否真的做对了的问题;因为事实是自那以后我再也没想过成为一名士兵。我为此略感遗憾。在战斗中,生命有着无上的尊严。在那里,职责很分明,因为无须讲道理,所以就更加明确,不容置喙。一个可以对自己的行为据理力争的人很快就会发现这些行为很少是清白的。不想尝到因怀疑而焦虑不安的滋味,就去当神父或士兵。

至于成为一个隐修士的梦想,每次觉得生活糟糕透顶的时候,我都会产生这样的念头:也就是说我每天都这么想。但是,每次天性都会揪着我的耳朵,将我拽回到用来打发微不足道的生活的消遣中来。

二 勒博老爹

在海因里希·海涅的《回忆录》中,有的人物描写十分逼真却透着某种诗意。其中诗人为自己的叔叔西蒙·德·格尔德恩绘制的肖像就是如此。"他是一个怪人,"海涅写道,"一个外表奇特、最卑微最古怪的人,一张沉着的小脸,苍白而严厉,鼻子像希腊人那样笔直,不过它肯定比普通希腊人的鼻子长出三分之一……他衣着过时,穿着短裤、白色丝袜、带扣的鞋子,此外,他留着老式的长长的马尾发束。当这个小个男人迈着碎步行走在街头时,他的发束在两个肩膀上来回雀跃,翻着各种各样的跟斗,似乎在背后嘲笑自己的主人。"

这个人有一颗最高尚的灵魂,他的鹡鸰尾小礼服下包裹着的是一位最后的骑士。不过,这位骑士,并不浪迹天涯。他待在杜塞尔多夫自己的家里,栖息在他的"诺亚方舟"中。"那是他那所小小的祖产的名字,因为门上漂亮地刻着一艘漆着鲜艳夺目的颜色的船。他在那里可以日夜不息地投入他全部的兴趣爱好中,沉迷于他渊博的孩子气,埋头于他的藏书癖好,醉心于为政治性报刊和一些没名气的杂志炮制文章。"

可怜的西蒙起初是出于对公众利益的满腔热忱才写起文章来的。他写得很费劲。光是思考就让他精疲力竭。他用的是一种耶稣会学校教他的又老又生硬的风格。

"正是这位叔叔,"海涅告诉我们,"对我心智的培养产生了很大影响,在这一点上,我至今对他无限感激。不管我们看问题的方式有多么不同,他对文学的追求,虽然很可怜,但在唤起我的写作欲望这一点上功不可没。"

老格尔德恩这一形象令我想起了另一个人,这个人只存在于我自己的记忆中,所以可能会显得苍白而缺乏魅力。说实在的,我永远做不到像伦勃朗和海涅一样,能够画出一幅亦幻亦真的肖像。真遗憾!这位真人需要一个技艺高超的画家来画他。

是的,我也有我的西蒙·德·格尔德恩,从孩提时代开始他就唤起我对精神事物的热爱和对写作的迷恋。他叫勒博;也许是因为他,我从十五岁就开始满纸涂写我的梦想。我不知道是否应该为此感谢他。至少,他在他学生身上唤起的是一种和他一样无伤大雅的癖好。

他的嗜好是编目录。他不停地编目录,编目录,编目录。我很崇拜他,十岁的我觉得编目录比打赢一场战役更帅气。此后,我对这个判断有点不以为然;不过,实际上,我的看法并没有像大家认为的那样有多大改变。我觉得勒博先生——大家都这么叫他——依然值得赞赏和称羡,如果说有时我想起这个老朋友会忍俊不禁,我的这种快乐也是充满了柔情和感动的。

我很小的时候,勒博老爹就已经很老了;因为这一点,我们俩在一起时相处得非常融洽。

他身上的一切都唤起我一种充满信任的好奇心。架在又大又圆的鼻头上的眼镜,一张粉乎乎的胖圆脸,花坎肩,张开的口袋里塞满旧书的大棉袄,这一切会使您觉得他整个人都透着善良和纯朴,还有那么一点疯疯癫癫。他戴着一顶小礼帽,白发像露台栏杆上的忍冬一样缠绕在宽宽的帽檐上。他说什么都简单明了,语句简短、丰富、形象,就像儿童故事一样。他身上透着一股天生的孩子气,逗我玩不费吹灰之力。他是我父母的好朋友,因为他看出我是一个聪明又安静的孩子,所以鼓动我到他家去看他——那个家,几乎只有耗子才会登门拜访。

那是一所老房子,斜着建在一条通往植物园的狭小且高低不平的路上,我觉得那个地方当时汇集了巴黎所有的瓶塞生产商和箍桶匠。那里弥漫着一种令我永生难忘的山羊皮和酒桶的味道。老女仆娜侬领着我穿过一个神父的小花园;爬上台阶就进入了一个最离奇的居所。迎面而来的是沿着前厅一路摆放的木乃伊;其中一个牢牢地裹在金色的紧身褡里,而其他木乃伊干枯的身上围着的只剩发黑的碎布了;另外,有一个木乃伊从缠在身上的那些细带中挣脱出来,睁着它的珐琅眼睛张望,露出白森森的牙齿。那儿的楼梯同样令人毛骨悚然:有好多锁链、铁项圈,还有比胳膊还粗的牢房钥匙悬挂在墙上。

勒博老爹能够像布瓦尔[①]一样把一个旧绞刑架收入

---

① 福楼拜的小说《布瓦尔和佩居歇》中一位对考古着迷的人物。

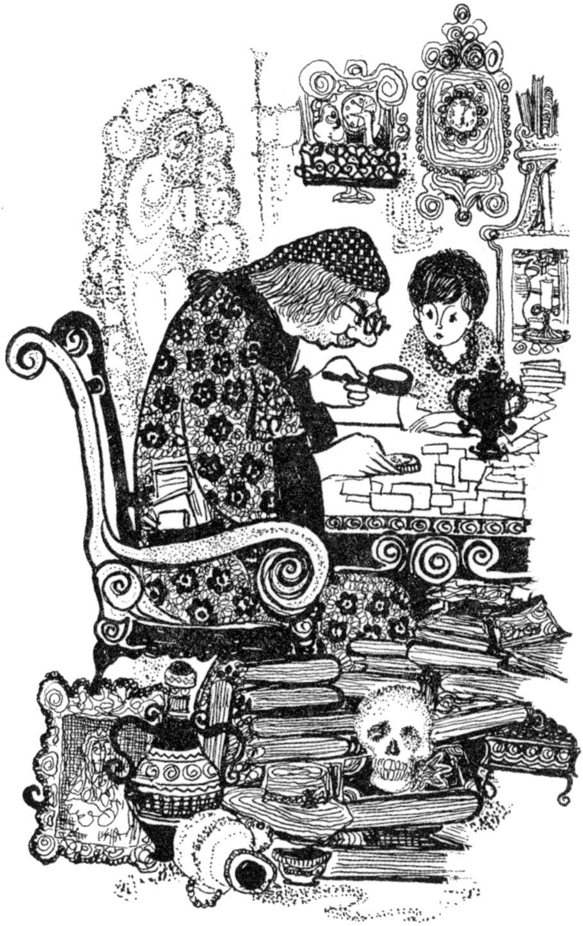

他的藏品中。他至少藏有拉杜德①的梯子和十几个塞口器。他寓所的四间屋子之间没多大区别；书一直堆到天花板,地板上也铺满了,中间散落着地图、奖章、盔甲、旗帜、灰蒙蒙的画布、残缺的旧木雕或石雕。在一张瘸腿的桌子和被蛀蚀的箱子上,彩色的釉陶堆积成山。

所有可以挂起来的东西都被胡乱挂在天花板上。在这个杂乱无章的博物馆中,所有的东西都在同一层灰尘下融为一体,好像只靠无数的蜘蛛网支撑着。

勒博老爹对保存艺术品有自己的一套法子,禁止娜依扫地。最奇怪的是,在这个乱摊子中,所有的东西似乎都有一张或忧伤或嘲讽的脸,不怀好意地看着你。我看到的是像被魔鬼施了魔法的一群人。

勒博老爹平时待在自己的卧室,那里和其他屋子一样堆满了东西,不过灰尘不像那些屋子那么多；因为老女佣可以破例使用鸡毛掸子和笤帚。一张铺满碎纸板的长长的桌子占据了半个房间。

我的老朋友身着花枝图案的睡衣,头戴睡帽,带着一颗纯朴心灵的满心欢喜,坐在这张桌子前工作。他编着目录。我则睁大眼睛,屏住呼吸,钦佩地看着他。他编的

---

① 拉杜德(1725—1805),法国投机家,曾经被监禁35年,被关入万塞讷、巴士底等监狱并多次试图越狱。此处的梯子指的是拉杜德用来越狱的梯子。

主要是书和纪念章的目录。他用一个放大镜,在卡片上写满整整齐齐、密密麻麻的字。我无法想象还有比这更漂亮的活儿。可是我错了。一次,一个印刷商要印勒博老爹的目录,于是我看到了我朋友修改校样时的情景。他在清样的空白处写一些神秘的符号。我顿时明白那才是世界上最漂亮的活儿,佩服得目瞪口呆。

渐渐地,我变得大胆起来,我决心有一天自己也要校对清样。这个愿望没有实现。对此我并不觉得有多遗憾,因为,我在和一位作家朋友的交往中发现,人们会厌倦一切,甚至校样。尽管如此,我的老朋友的确坚定了我的志向。他屋里不同寻常的陈设让我童年的心灵受到古老而稀奇的形式的熏陶,让它面向过去,激发它富于创造力的好奇心;他用一种在无忧无虑中持之以恒完成的脑力劳动做示范,使我从小就产生了专心学习的欲望。多亏了他,我才能够成为一个独特的书迷、一个热心的古文注释者,我才会草草地写一些不会被印出来的回忆录。

这个可爱而独特的老人安静地离世时我十二岁。他的目录,正如您想的那样,依然只是清样;并没有出版。娜侬将木乃伊和其他东西卖给了旧货商,这些回忆距今已有四分之一世纪之久。

上星期,我在德鲁奥公馆看见一座微型巴士底监狱,那是革命党人帕鲁瓦①在一七八九年用摧毁的巴士底堡垒的石头雕刻出来的,他把这些微型巴士底送给市府和公民,以此换取酬劳。那件藏品并非什么稀罕之物,把玩起来也不方便。不过我依然带着本能的好奇心细细打量,当我在石雕的一个塔楼的底座上看到这句已经模糊的注解时,我不由得一阵激动:上面写着"来自勒博先生的收藏室"。

三 诺齐埃奶奶

这天早晨,爸爸一副心神不宁的样子。妈妈则忙进忙出的,一边压低声音在说些什么。餐厅里来了一位裁缝女工,缝制着几件黑色的衣服。

午饭气氛沉闷,大家都在窃窃私语。我感觉一定有什么事情发生。

终于,穿一身黑、头戴面纱的妈妈对我说:

"来,亲爱的。"

我问她我们要去哪儿,她回答说:

---

① 帕鲁瓦(1755—1835),建筑工程承包商。他曾于1789年7月14日身处向巴士底进军的行列中,随后负责摧毁这座堡垒。他用巴士底监狱的石头做了一些模型来赚钱。

"皮埃尔,好好听我说。你的诺齐埃奶奶……你知道的,你爸爸的妈妈……昨天夜里去世了。我们要去和她道别,最后一次拥抱她。"

我看得出妈妈哭过了。至于我,我对此印象十分强烈,因为这么多年以来,这一印象依然没有被抹去,只是变得很模糊,无法用语言来表达。我甚至不能说那是一种忧伤的感觉。至少那印象中的忧伤一点也不令人感到痛苦。也许有一个词,只有一个词,就是"传奇故事般"这个词,可以在某种程度上用来形容这一印象,因为其中并没有任何现实成分。

一路上我都想着我奶奶;但是我想不出她出了什么事。死!我想不出那是怎样的。我只感觉到这是个很庄严的时刻。

出于一种不难解释的幻觉,在走近死者房子的时候,我觉得自己看见周边和所有邻近的地方都笼罩在奶奶去世的氛围中,街道的早晨一片肃静,邻里之间呼来唤去,行人脚步匆匆,打马蹄的铁匠榔头发出的声响,都是因奶奶去世的缘故。我满脑子都是这一念头,我第一次留意到树木的美丽、空气的柔和、天空的明亮,我把这些也都归于同一原因。

我觉得自己行走在一条神秘之路上,因此,当我到了街道拐弯处,看见熟悉的小花园和亭子时,我有一种近乎

59

失望的感觉,因为没有发现任何不同寻常的东西。鸟儿在唱歌。

我有点害怕,看了看妈妈。她带着一种虔诚的敬畏神情,眼睛盯着某处,我也把目光转向她的凝神之处。

于是我透过我奶奶房间的玻璃窗和白色窗帘看见一缕光在跳动,暗淡而苍白。这一微弱的光在明晃晃的白日下显得如此阴森,以致我低下头不敢去看它。

我们爬上小木楼梯,穿过鸦雀无声的寓所。当妈妈伸出手去推开房门的时候,我想拉住她的胳膊制止她……我们进去了。一位坐在扶手椅中的修女起身让我们坐在死者床头。奶奶就在那里,她躺在那儿,双目紧闭。

我觉得她的脑袋变得很沉,像石头一样沉,因为她脑袋下的枕头凹陷得那么深!我看得不知道有多清楚!一顶白睡帽盖住了她的头发;尽管没了血色,但她似乎显得没有平时那么老。

噢!她看上去根本不像在睡觉!可这带着嘲讽的顽固的微笑是哪里来的?让人看了那么难受。

我觉得她的眼皮似乎在微微颤动,或许是因为桌上那两支燃烧的大蜡烛发出的颤抖的烛光映着她的缘故,那两支蜡烛摆在一个盘子边上,盘子里的圣水中浸着一株圣枝。

"去吻别你奶奶。"妈妈对我说。

我噘着嘴亲了她一下。我感到一种不可名状,也永远无法形容的冰凉。

我垂下眼睛,听见妈妈在抽泣。

事实上,要是奶奶的女佣不把我带离那间房间的话,我不知道自己会怎样。

她牵着我的手,把我带到一个玩具商那儿,对我说:"挑吧。"

我挑了一把弩,往树叶上发射起鹰嘴豆来。

我已然忘记了奶奶。

一直到了晚上,见到爸爸,我才想起早上的事来。我可怜的爸爸变得让人认不出来了。他的脸肿了,亮晶晶、红通通的,眼泪汪汪,嘴唇抽搐着。

他听不见别人说话,情绪从消沉变得很不耐烦。妈妈在他身边,往镶黑边的信上写地址。来了一些亲戚帮她。大人们让我看怎么折信。我们十来个人围着一张大桌子。天气很热。我卖力地干着一件新鲜的活儿;因为这让我觉得自己很重要,再说也很好玩。

对我来说,奶奶死后又重新活了一遍,而这要比她的第一次生命更引人注目。我凭着一股不可思议的力量,使劲回想我曾亲眼目睹的奶奶的一言一行;爸爸也每天给我们讲她的故事,这些故事让我们觉得她音容宛在,以至于有时候,到了晚上,我们吃完饭待在饭桌旁的时候,仿佛看到她刚才在给我们掰面包。为什么我们没有像以马忤斯①的朝圣者对耶稣说的那样对她说：

"留下来和我们在一起吧，因为时候不早了，天色已晚。"

噢！戴着绿色系带花边睡帽的她会是一个多么优雅的幽灵啊！无法想象她会适应另一个世界。死亡对她比对任何人都更不适合。死亡适合于一个僧人，或者一个美丽的女英雄；但是一点也不适合像诺齐埃奶奶那样开朗、无拘无束、打扮俏丽的小老太太。

我要告诉您她活着的时候我自个儿发现的事。

奶奶不是个稳重的女人；奶奶不拘小节；奶奶的虔诚心不比一只小鸟的多。真该看看我和妈妈周日要去教堂时她盯着我们的那双滴溜溜的小圆眼。她取笑妈妈对待此生和彼世的一切都一本正经的样子。她很轻易就原谅我的过错，我觉得她是一个别人犯了更严重的错误都会原谅的女人。她总这么说我：

"这小子可不像他爸爸。"

她是想说我会把我的青春时光用来跳舞，并且会爱上成千上万个少女。我为此深感荣幸。要是她现在还活

---

① 耶路撒冷北部城镇，据说耶稣复活后在通往以马忤斯的路上向两个门徒现身。

着的话(现在她该有一百一十岁了),她唯一会赞赏我的一点是,我生活得如鱼得水,并且没有付出很大代价,只是用一些道德和政治信仰就换取了一颗有益的宽容心。这些品质在奶奶眼里有着与生俱来的魅力。她至死都不知道自己拥有这些品质。相比之下,我的逊色之处是我知道自己宽容而合群。

我奶奶生于十八世纪。这一点显而易见!我很遗憾没有人为她写回忆录。至于说要她自己写,那她真的写不了。但是爸爸难道不应该替她写吗?而不是去测量巴布亚人①和布须曼人②的头骨。卡罗琳娜·诺齐埃一七七二年四月十六日生于凡尔赛;她是杜絮埃勒医生的女儿,他的智慧和个性深得卡巴尼③的赏识。一七八六年,给得了轻微猩红热的太子看病的就是杜絮埃勒医生。每天,王后的马车都会去吕西安讷他住的小屋接他,他像让-雅克④的弟子一样清贫地生活在他的书籍和植物图集中。一天,马车空空地回到王宫;因为医生拒绝来宫廷。下回出诊时,恼怒的王后对他说:

---

① 巴布亚人,居住在新几内亚及周边岛屿的人口。
② 布须曼人,居住在非洲西南部的人口。
③ 卡巴尼(1757—1808),法国医生和哲学家。
④ 这里可能指让-雅克·卢梭(1712—1778),法国启蒙思想家、哲学家、教育学家、文学家。他在晚年热衷于采集植物和药草。

63

"先生,您把我们都忘了!"

"夫人,"杜絮埃勒回答说,"您的指责冒犯了我;不过却彰显了人的天性,我应该原谅出自一位母亲的指责。相信我,我会人道地治疗您儿子的。不过我昨天确实在一位临盆的农妇身边脱不开身。"

一七八九年,杜絮埃勒出版了一本小册子,我打开它时总是满怀敬意,读它的时候忍不住会微笑。这本册子的题目是《一个公民的愿望》,引用的题词则是:"Miseris succurrere disco."①作者开篇就说他在茅屋中为法国人的幸福祈愿。接着,他天真地描绘了公众幸福的法则;那是宪法保障下的智慧型自由的法则。在结束时,他提请富于同情心之士感谢路易十六,这个自由人民的国王,同时,他宣告一个黄金时代即将再次到来。

三年后,他的病人,也是他的朋友都被推上了断头台,而他自己,因为被怀疑是温和派,在塞夫尔委员会②的命令下被带到凡尔赛,关在被改成拘留所的雷高莱修道院。他灰头土脸地到了那里,更像一个老乞丐而不是哲学家和医生。他把一个里面装着莱纳尔③和卢梭著作

---

① 拉丁文:我教导人们救助不幸者。
② 此处指法国大革命时期成立的安全委员会,负责抓捕嫌疑犯。
③ 纪尧姆·莱纳尔(1713—1796),法国神父、作家、历史学家和哲学家。

的小包放到地上,跌坐到一把椅子上叹气道:

"这就是对五十年的美德的回报吗?"

一位他起初没留意的年轻女子,长得如花似玉,拿着一个脸盆和一块海绵走近他,对他说:

"我们可能会被砍头,先生。您能否允许我这会儿为您洗洗脸和手?因为您弄得像个野人。"

"富有同情心的女人,"老杜絮埃勒惊叫道,"难道要我在成为罪犯的日子里遇见您吗!您的年龄,您的脸,您的神情举止,这一切都告诉我您是无辜的。"

"我唯一的罪过就是为最好的国王的死而哭泣。"漂亮的女囚回答说。

"路易十六的确是个有德行的人,"我的祖先接过话,"不过如果他能到最后都一直忠于那部伟大的宪法的话,那将是何等的荣耀啊!……"

"什么!先生,"年轻女子挥着湿漉漉的海绵惊叫道,"您是雅各宾派,和强盗一伙的!……"

"怎么!女士,您是法兰西的敌人那派的吗?"脸洗了一半的杜絮埃勒叹了口气,"一个贵族身上怎么也会有同情心呢?"

她姓德·拉维勒,曾为国王服过丧。在他们被关在一起的四个月中间,她不停地和她的同伴争吵,一边又想方设法帮他的忙。出乎他们预料的是,人家根本没有砍他们的头;巴特利耶议员写了一份报告后,他们被释放了。德·拉维勒夫人随后成了我奶奶最好的朋友——我奶奶当时二十一岁,并且已经和公民当杰结婚三年了,他是上莱茵省志愿营的一个军士长。

"一个相当帅气的男人,"我奶奶这样说,"不过我不能肯定在大街上能认出他来。"

她断言总共和他见过五次面,不超过六小时。她和他结婚是为了要孩子,这样就可以梳一个"国民发型"。其实,她根本不想要丈夫。而他则想要所有的女人。他走了;她没有丝毫怨言地让他走了。

当杰奔赴了荣耀,给妻子留下的全部家当是放在抽屉里的写给他一个哥哥的一堆借条,这位哥哥叫当杰·德·圣埃尔姆,是孔代军队的一个军官,另外还有一包流亡贵族写的信。这里面的东西足以让我奶奶和另外五十个人一起被砍头。

对此她早猜到了一些,所以每次街区要挨家挨户搜查的时候,她就对自己说:"我还是应该把我那坏蛋丈夫的文件烧了。"不过这些念头只是一直在她脑袋里转悠。终于有一天她下了决心。

她可真不着急!……

她坐在壁炉前,把抽屉里的文件一股脑儿倒在沙发上,然后开始分拣。她不慌不忙地将文件分成一小堆一小堆,把要留的放在一边,要毁掉的放在另一边。她这里念一行,那里念一行,东一页,西一页,思绪从一个回忆转到另一个回忆,正想起一些零星的往事的时候,突然听到了开门声。出于一种本能的突然警醒,她马上意识到有人来搜查了。

她一把抱起所有的文件,把它们扔到罩子一直拖到地上的沙发底下。因为塞不下了,有的露在外头,她就用脚把它们踢到沙发底下。一封信的一个角还像一只小白猫的耳朵尖一样露在外面,这时,一个一般安全委员会①的代表进来了,后面跟着同一部门的六个人,手里拿着枪、军刀和矛。当杰太太站在沙发前面。她觉得她还没有彻底完蛋,还有百万分之一的微乎其微的机会,而且,她对即将发生的事特别好奇。

"女公民,"那个部门的头儿说,"有人揭发你和共和国的敌人通信。我们是来没收你所有的文件的。"

一般安全委员会的人坐在沙发上开具没收条。

于是那些人翻箱倒柜地搜,撬开锁,倒空抽屉。因为搜不出什么,他们就砸破壁橱,推倒五斗橱,把画翻转过

---

① 一般安全委员会于1792年10月组建国民公会时成立,和公共安全委员会协作,监控雅各宾专政恐怖统治时期的运作。1794年参与热月政变成为反对派的一部分,对抗罗伯斯庇尔和公共安全委员会。

来,还用刺刀捅破椅子和床垫;但却白费力气。他们用枪托敲墙,在壁炉中乱翻,撬掉了地板上的几块木板。依然一无所获。最后,经过三个小时无果的搜查和徒劳无益的糟蹋后,他们也乏了,又绝望又沮丧,只好撤走了,一边发誓还会回来。他们没想到看一下沙发底下。

没过几天,我奶奶看戏回来时在门口发现一个瘦得皮包骨头、脸色苍白的男人,脏兮兮的灰白胡子令他面目全非,他扑倒在她脚下说:

"女公民当杰,我是阿尔熙德,救救我!"

她这才认出了他。

"我的上帝!"她对他说,"难道您是阿尔熙德先生,我的舞蹈老师吗?您怎么这副模样啊,阿尔熙德先生!"

"我被驱逐了,女公民;救我!"

"我只能试试看。我自己也是嫌疑犯,而我的厨娘是个雅各宾派。跟我来。不过小心别让我的门房看到您。他是市政主管官员。"

他们上了楼,这位好心的小当杰夫人就把自己和不幸的阿尔熙德关在她的公寓里,阿尔熙德烧得瑟瑟发抖,牙齿打着战不停地说:

"救救我,救救我!"

看到他那副可怜巴巴的样子,她真想笑。可是情况很紧急。

"把他塞哪儿好呢?"我奶奶一边嘀咕一边扫视着衣柜和五斗橱。

实在没别的地方,她想了个主意把他放到她的床上。

她抽出其中两张床垫,挨着墙搭出了一个空间,把阿尔熙德塞到里面。这样一来,床显得有点乱。于是她脱下衣服上了床。然后摇铃叫来厨娘:

"佐薇,我不舒服;给我一只鸡、一份沙拉和一杯波尔多葡萄酒。佐薇,今天有什么新闻吗?"

"那些贵族无赖耍阴谋,他们想把自己统统送上断头台。那些无套裤汉①正盯着他们。会好的!会好的!……门房告诉我这个区在追捕一个叫阿尔熙德的歹徒,您今天晚上等着搜家吧。"

这番体己话被藏在两张床垫之间的阿尔熙德听得真真切切。佐薇走后,他吓得浑身发抖,连整张床都晃动起来,他呼吸变得困难,房间里响彻刺耳的呼啸声。

"这下可好了。"那位小当杰夫人自言自语道。

她吃了鸡翅,递给可怜的阿尔熙德一点波尔多葡萄酒。

"啊!夫人!……啊!耶稣!……"阿尔熙德喊道。

---

① 法国大革命时期对城市平民的称呼。当时法国贵族男子盛行穿紧身短套裤,膝盖以下穿长筒袜;平民则穿长裤,无套裤,故有此称。

他忍不住呻吟起来。

"太好了!"当杰夫人心想,"市府的人只消来这里……"

她正想着,楼梯平台被枪托重重掉在地上的声音震得晃动起来。佐薇带着四个市府官员和三十个国民卫队的士兵进来了。

阿尔熙德不动了,连一点呼吸声也听不到了。

"起来,女公民。"其中一个卫兵说。

另一个反对说女公民不可以在男人面前穿衣服。

其中一个公民见有一瓶葡萄酒,就抓起来尝了一口,其余的人也仰饮了几口。

一位神情快乐的同伙坐到了床上,捏着当杰夫人的下巴说:

"多遗憾哪,长着这么漂亮的脸蛋竟然是个贵族,还差点被砍了这小脖子!"

"好了!"当杰夫人说,"我知道你们都是好人。快点搜吧,想搜什么尽管搜,我困死了。"

他们在房间里磨蹭了令人无比煎熬的两个小时;他们无数次轮番从床前经过,查看底下有没有人。然后,他们骂骂咧咧地说了一大堆放肆的话之后就走了。

最后一个人刚离开,当杰夫人就把头伸到床与墙壁之间喊道:

"阿尔熙德先生!阿尔熙德先生!"

一个声音哼哼着回答说：

"老天！我们会被听到的。耶稣！夫人，可怜可怜我！"

"阿尔熙德先生，"我奶奶接着说，"您可把我吓到了！我听不到您的声音，还以为您死了呢，一想到我躺在一个死人上面，我无数次要昏过去。阿尔熙德先生，您对我可不够意思。没有死就该吭一声，真见鬼！把我吓成这样，我永远都不会原谅您。"

我奶奶对阿尔熙德先生够义气吧？第二天她就把他藏到了默东①，好心地救了他。

人们不会想到哲人杜絮埃勒的女儿会轻易相信奇迹，也不会想到她会涉足超自然界的边缘去冒险。她没有一丁点慧根，而且她不那么健全的常识对任何神秘的东西都很反感。然而，就这样一个理性的人却逢人便讲她亲眼目睹的一桩奇事。

在到凡尔赛的雷高莱修道院看望她父亲时，她结识了当时被囚禁在那儿的德·拉维勒夫人。这位夫人获释后搬到了朗克里路居住，和我奶奶在同一所房子里。两间公寓通向同一个楼梯平台。

拉维勒夫人和她妹妹阿梅丽住在一起。

---

① 法国城镇，位于上塞纳省。

阿梅丽是个高个子美人。乌黑的秀发衬着一张苍白的脸,露出一种美得无与伦比的表情。她的眼睛时而无精打采,时而炯炯有神,总是在四周寻觅某种未知的东西。

她是拉让蒂耶尔①的在俗修女,等着在俗世成家,据说阿梅丽刚过童年就遭受了并非两情相悦的恋情的折磨,而她对此只能保持沉默。

她看上去苦恼不堪,有时无缘无故就泪如雨下。时而一整天都一动不动地待着发愣,时而贪婪地读着劝人信教的书。她沉迷于自己的幻想中,在难以言表的痛苦中挣扎。

姐姐被捕,好几个被当作同谋上了断头台的朋友遭受酷刑,无休止的警报,所有这一切最终摧垮了她原本脆弱的身体。她瘦得吓人。那些每天在街区呼吁人们拿起武器的公差鼓手②,那些头戴红帽子、手持长矛、唱着"会好起来的"从她窗前经过的一群群公民让她陷入一种极度的恐惧中,伴着恐惧而来的是时而迟钝时而亢奋。她出现了极其严重的神经错乱,引发了一些奇怪的效果。

阿梅丽做的梦清醒得令周围的人吃惊。

她在夜里游荡,或醒着或睡着,她能听见远处的声

---

① 法国城镇。
② 击鼓聚众宣读告示的人。

响,还有受害者的叹息声。有时,她站着,伸出手臂,指着黑暗中一个看不见的东西,说出罗伯斯庇尔的名字。

"她的预感很准,"她姐姐说,"她能预言不幸。"

在热月的九号到十号①的夜里,我奶奶和她父亲都在两姐妹的房间里:他们四个都很不安,总结着这一天发生的严重事件,试图猜想事情的结局:暴君被下令逮捕,被带到卢森堡宫后被门房拒之门外,接着被送去金银匠滨河路②的警察局,随后被巴黎公社解救带到了市府……

他还在那里吗,他会是什么样的表情,是垂头丧气还是咄咄逼人?他们四个都惶惶不安,除了隔一阵传来在街头放火的亨利奥③的通信兵骑马飞奔的声音,什么也听不见。他们等在那里,不时交换着一句问候、怀疑或愿望。阿梅丽一声不响地待着。

突然,她大叫一声。

那是凌晨一点半。她俯身对着一面镜子,好像在凝视一个悲惨的场面。

她嘴里说着:

---

① 热月指法兰西共和国的第十一个月,相当于7月19或20日到8月17或18日。热月九日发生暴动,旨在反对恐怖统治,罗伯斯庇尔被捕。
② 巴黎司法警察总署所在地。
③ 亨利奥,一位巴黎公社战士。

"我看见他了！我看见他了！他好苍白啊！血从他嘴里一股股流下来，他的牙齿和下巴被打碎了。赞美，赞美上帝！嗜血鬼从此只能饮自己的血了！……"

她带着一种奇特的悲凉语调说完这些话后，发出一声惊恐的叫声仰面倒下。她昏了过去。

与此同时，在市府的会议厅，罗伯斯庇尔中了一枪，下巴被打碎，恐怖就此终结。

我奶奶虽然不信神，却对这一显灵深信不疑。

"那您怎么解释这件事呢？"

"我是这样解释的，要说明的是我奶奶虽然不信神，却信魔鬼和狼人。年纪轻轻的她觉得那些个巫术很好玩，那时她是个自命不凡的预言家。后来，她怕起魔鬼来了；但为时已晚：魔鬼掌控了她，她再也无法不信鬼了。"

热月九日的暴动让居住在朗克利街的人们的日子好过一点了。我奶奶对这一变化赞不绝口；但是她做不到对那些大革命的人耿耿于怀。她不欣赏他们——她就只欣赏过我——不过她也不记恨他们；她从未想过因为他们让她担惊受怕而找他们算账。这也许是因为他们根本没有吓到她。特别是因为我奶奶是一个共和派，骨子里的共和派。就像有人说的那样，共和派永远是共和派。

这期间，当杰奔赴在各个战场继续他的光辉生涯。

他总是兴高采烈,穿着军礼服,带领着他的队伍,直到一八〇八年的四月二十日,他突然在阿邦斯拜尔①的一次漂亮战斗中被一发炮弹击中身亡。

我奶奶从《箴言报》上得知自己成了寡妇,勇敢的当杰将军"被葬在了月桂树下"。

她惊叹道:

"真不幸!这么帅的男人!"

第二年,她嫁给了司法部的一位职员伊波利特·诺齐埃先生,一个纯洁而天性快乐的人。他每天早上六点到九点,晚上五点到八点都要吹笛子。这回是正儿八经的婚姻。他们彼此相爱,由于他们都不再年轻了,也就彼此宽容。卡罗琳娜原谅他没完没了地吹笛子。而伊波利特则任由卡罗琳娜异想天开。他们过得很幸福。

我爷爷诺齐埃著有《监狱统计》(巴黎,皇家印刷厂,1817—1819,两册,4开本)和《摩摩斯②之女,新歌》(巴黎,作者自行出版,1821,18开本)。

他饱受痛风折磨;但这并不能夺走他的快乐,即便他无法再吹笛子;最终,痛风令他窒息了。我没能认识他。不过我有他的肖像;肖像上的他穿着一身蓝色服装,头发

---

① 巴伐利亚的一座小城,法国人在那里击败了奥地利人。
② 古希腊神话人物,喜开玩笑、恶作剧,风趣之神。

卷得像头绵羊,下巴消失在巨大的领带中。

"我直到最后一天都会怀念他。"我奶奶八十岁时这么说,那时她守寡有十五年左右了。

"您说得很对,夫人,"一个老朋友回答她说,"诺齐埃拥有成为一个好丈夫的所有优点。"

"拜托,所有的优点和所有的缺点。"我奶奶接过话说。

"夫人,成为一个完美的丈夫竟然还需要缺点?"

"没错!"奶奶耸耸肩说,"不能有毛病,这,这可是个大缺点!"

她卒于一八五三年七月四日,享年八十一岁。

四　牙齿

要是我们像炫耀自己一样费心地隐藏自己的话,我们就可以避免不少痛苦。对此,我很早就有了第一次体验。

那是一个雨天。之前我收到一份礼物,就是一套马车夫的装备,制服帽、鞭子、缰绳和铃铛一应俱全。还有很多铃铛。我套上马车;是我自己给自己套,因为我既当马车夫,又当马和车。我的行程是从厨房经过走廊到达餐厅。餐厅在我看来完全可以当作一个村子的广场。桃花心木碗橱毫无疑问就是白马驿站,我就在那儿停下来换马。走廊在我看来就是一条移步换景的大道,随时会有种种不期而遇。尽管我身处幽暗狭小的空间,却享受着开阔的视野,在我熟悉的几堵墙之间,我能感受到令旅行充满魅力的种种惊喜。因为那时的我是个了不起的魔术师。我在自娱自乐中召唤着可爱的生灵,随意支配自然。不幸的是,自此以后,我丧失了这一宝贵的天赋。而在我当马车夫的那个雨天,我正满满地享有它。

这一享有本足以令我心满意足;不过,人有满足的时候吗?我萌生了要让人大吃一惊、刮目相看、震惊不已的念头。要是没人欣赏的话,那我的天鹅绒帽子和铃铛便什么也不是了。因为我听到爸爸和妈妈在隔壁房间说话,所以我乒乒乓乓动静很大地进去了。爸爸打量了我几秒钟;随后他耸耸肩说:

"这孩子在这里不知道干什么好了。该把他送到寄宿学校去。"

"他还小。"妈妈说。

"那就把他和小的放在一起。"

这几句话我听得太清楚了;接下来的话有些我没听清,我之所以能确切地转述出来,是因为这些话之后被重复了好几遍。

我爸爸接着说：

"这个孩子没有兄弟姐妹，他在这样孤独的环境中养成了一种异想天开的爱好，而这一点以后对他是有害的。孤独激发了他的想象力，我已经发现他的脑袋里装满了幻想。而他在学校里接触到的同龄孩子会让他体会到真实的世界。他会从他们那里学到什么是人；他无法从您和我这里学到这一点，因为我们对他来说像守护神。他的同学会像对同类一样平等地对待他，有时需要防卫，有时需要说服或抗争。和他们在一起，他将步入社会生活。"

"我的朋友，"我妈妈说，"难道您不怕在这些孩子中会有坏孩子吗？"

"如果他聪明的话，"爸爸回答说，"坏孩子本身对他是有益的，因为他会学着把他们和好孩子区分开来，而这是一种必要的认知。再说，您可以亲自去参观一下街区的那些学校，选一家所受教育和您给皮埃尔的教育相当的孩子就读的学校。人类的天性到哪儿都一样；但是他们的'食粮'，如我们祖先说的那样，每一个地方都各不相同。一种好的教养，经过几代人的实践，开出的是一朵极其娇嫩的花，而这朵耗费了一个世纪培植出来的花朵可能短短几天就香消玉殒。在交往过程中，没教养的孩子会带坏我们的儿子，而这于他们自己也无益。思想的高贵来自上帝;而行为举止的高贵则需要通过效仿来获得,在继承中得到稳固。这种高贵远远胜过贵族头衔。因为它是天生的,是通过自身的优雅来印证的,而另一种高贵则是由不知道怎么理清的旧文书来证明的。"

"您说得对,我的朋友,"妈妈回答说,"我明天就去为我们的孩子找一个好的寄宿学校。我会照您说的去选,还要确保这个学校财政宽裕,因为金钱方面的忧虑会扰乱老师的身心,使他性格变得乖戾。我的朋友,您觉得找一个由女性管理的寄宿学校怎么样?"

爸爸默不作答。

"您觉得怎么样?"妈妈又问了一遍。

"这一点需要考量。"爸爸说。

他坐在带活动面盖的写字台前的扶手椅里,仔细观察着一块小骨头模样的东西,已经好一会儿了。这块骨头一头尖尖的,另一头则完全磨损了。爸爸在手指间转动着这块骨头;他一定也在脑子里盘算这块骨头,这下我和我的那些铃铛,对他来说都不存在了。

妈妈胳膊肘靠在椅子的扶手上,寻思着她刚才说的话。

医生指着那块难看的骨头对她说:

"这是生活在猛犸时期的一个人身上的牙齿。那时处于冰川纪,他居住在一个徒有四壁的荒凉的洞穴中,现在那个洞穴掩映在野生葡萄藤和紫罗兰中间。几年前,洞穴附近盖起了一所漂亮的白房子,我们结婚那年的夏天在那里生活过两个月。那是幸福的两个月。那里有一架旧钢琴,你整天弹莫扎特。亲爱的,多亏了你,从窗户飞出的优雅动听的音乐为山谷注入了勃勃生机,以前洞穴人在那里只听过虎啸声。"

妈妈把头靠到爸爸肩上,爸爸继续说道:

"这个男人生命中只有饥饿和恐惧。他就像一头动物。他的额头是凹陷的。他眉棱上的肌肉在皱眉时会形成难看的褶子;他的下巴凸得很厉害;牙齿伸出在嘴外。看这颗牙有多长多尖。

"最初的人类就是这个样子的。但是,不知不觉地,经过漫长而了不起的努力,处境不再那么悲惨的人类变得不那么凶残;他们的器官在使用过程中发生了改变。思考的习惯促成了大脑的发育,额头变大了。牙齿因为不再用来撕咬生肉,所以变短了,下巴也随之缩小。人脸拥有了一种崇高的美,女人的唇间泛起了微笑。"

说到这里,爸爸亲了一下妈妈微笑的脸;然后,他慢慢将洞穴人的牙齿举过他的头顶,大声说:

"古人啊,眼前是你桀骜不驯的遗骸,对你的回忆触动着我内心深处;我敬你爱你,噢,我的祖先!请在你所安息的遥不可及的过去接受我对你的感谢,因为我知道你的恩情有多深。我知道你的努力让我免去多少苦难。的确,你根本不考虑未来;在你懵懂的心灵中,只闪烁着微弱的智慧之光;你能想的几乎只是吃饭和藏身。不过,你毕竟是人类。冥冥之中有一种理想促使你向往人类的真善美。你历尽苦难;但不是白白受苦,你改善了你自己经历的可怕的生活,把它传给你的孩子们。而他们也同样努力让生活变得更好。他们大家都着手开发技艺:这个发明磨石,那个发明轮子。所有人都绞尽脑汁,想尽办法,无数聪明才智经过一代又一代的不懈努力创造出了许多奇迹,让现在的生活变得更加美好。每当他们发明一门艺术或建立一个行业,他们也同时催生了精神之美,创造了美德。他们给女人穿上纱衣,人类懂得了美的价值。"

说到这里,我爸爸把史前人的牙齿放到书桌上,然后拥抱了一下妈妈。

他还讲了许多。他说:

"所以我们的一切都要归功于这些祖先,所有这一切,包括爱!"

我想摸一摸这颗引发我父亲说了一番我听不懂的话的牙齿。我走近书桌去拿那颗牙。可是,爸爸听到了我的铃铛发出的声音,他朝我转过脸,严肃地看了看我说:

"慢着点!任务还没完成;如果轮到我们时,我们不努力使孩子们的生活变得比我们自己的更有保障、更加美好的话,那我们就会比洞穴人还不如。要做到这一点,有两个秘方:爱和认知。爱和科学可以创造世界。"

"或许吧,我的朋友,"妈妈说,"可我越想越觉得应该把我们皮埃尔这么大的小男孩交给一个女人。我听说有一个叫勒芙尔小姐的。我明天就去找她。"

五 诗歌的启迪

勒芙尔小姐在圣日耳曼区开了一家专收低龄孩子的寄宿学校,她同意我十点到十二点,两点到四点这两段时间去学校。我还没去这个学校就把它想得很可怕,当我的保姆第一次拽着我去那里的时候,我觉得自己完蛋了。

所以,当我进去看到五六个小女孩和十几个小男孩在一间大屋子里笑着,做着鬼脸,一副无忧无虑和顽皮十足的样子时,我惊讶万分。我觉得他们皮实得很。

与此相反,我觉得勒芙尔小姐倒是郁郁寡欢。她双唇微启,一双蓝色的眼睛泪汪汪的。

浅色的英式发卷顺着脸颊垂下来,像是水边忧郁的垂柳。她视若无睹,似乎迷失在梦幻中。

这位忧伤的小姐的温柔和孩子们的快乐使我悬着的

心放了下来；想到我要和好几个小女孩一起共度时光，我所有的担心都渐渐烟消云散了。

勒芙尔小姐给了我一块写字石板和一支铅笔，让我坐到一个和我年龄相仿、目光炯炯有神、头脑机敏的男孩旁边。

"我叫丰塔奈，"他对我说，"你呢？"

接着他问我爸爸是干什么的，我告诉他爸爸是医生。

"我爸爸是律师，"丰塔奈回答说，"比医生强。"

"为什么？"

"你看不出来当律师更牛吗？"

"看不出。"

"那是因为你傻。"

丰塔奈主意很多。他建议我养蚕，还给我看他自己做的一张毕达哥拉斯表①。我很欣赏毕达哥拉斯和丰塔奈，因为我只知道寓言故事。

临走时，勒芙尔小姐发给我一张奖券，我不知道那是用来干什么的。妈妈向我解释说毫无用处正是荣誉的特质。接着她问我在这第一天里都干什么了。我回答说我光看勒芙尔小姐了。

她笑话我，不过我说的是事实。我向来习惯于把生

---

① 法国学生常用的乘法表。

83

活当作一场表演。我从来就不是一个真正的观察者;因为观察需要有章法可循,而我没有章法。观察者引领自己的视线,而观众则跟随自己的眼睛。我生来就是观众,而且,我想我这辈子都会保留着在大城市马路上看热闹者的那份天真,他们看什么都觉得好玩,在雄心勃勃的年纪依然保留着小孩子那种无欲无求的好奇心。在我观看的所有表演中,唯一让我感到无聊的是在剧院舞台上观看的演出。与此相反,生活中的所有演出都会让我乐此不疲,就从我在勒芙尔小姐的学校里看到的开始。

于是我接着看我的老师,我认定她很伤心,就问丰塔奈会是什么事让她伤心。丰塔奈也不太肯定,但他认为勒芙尔小姐伤心是因为悔恨,他觉得自己记得这种伤心的神情是骤然出现在她脸上的。那一天,那是很久以前了,勒芙尔小姐不但毫无道理地没收了他的黄杨陀螺,还紧接着犯下了一桩新的暴行;为了制止被没收者的抱怨声,她把驴耳纸帽[①]套在了他头上。

丰塔奈认为一颗被这样的行为玷污的心灵已经永远失去快乐和宁静;但我觉得丰塔奈的这些理由还不够充分,于是我就寻找其他原因。

说实话,要在勒芙尔小姐的班上发现点什么并不容

---

① 驴耳纸帽是法国学校过去为惩罚小学生用的。

易,因为教室里喧闹声不断。学生们当着身在心不在的勒芙尔小姐的面投入混战。我们互相扔课本和面包块,扔得昏天黑地,教室里响彻连续不断的噼噼啪啪声。只有那些年龄最小的孩子,双手抱着脚,伸着舌头,带着平静的微笑望着天花板。

有时候,勒芙尔小姐会突然带着梦游者的神情介入混战,惩罚几个无辜的人;然后就像回到一座塔里一样重新陷入她的忧郁中。请您想一想,一个八岁男孩身处这样一种不可思议的混乱中会是怎样的精神状态,况且六个星期以来他一直在写字板上写一句话:

饥饿将被埋没的马勒菲拉特尔送进了坟墓。①

我的任务就是抄这个。有时,我用双手摁着脑袋想装下这些念头;但只有一个念头是清晰的:那就是勒芙尔小姐的忧伤。我不停地操心我那位伤心的老师。丰塔奈给我讲的怪事更加激起了我的好奇心。他说谁要是早上经过勒芙尔小姐的房前,谁就没有一次不听到凄凉的叫声,中间还夹杂着锁链的声响。

---

① 出自法国诗人尼古拉·吉尔伯特(1750—1780)的《讽刺诗》。马勒菲拉特尔(1732—1767)是同时代的一位法国诗人,两人都属于"被诅咒的诗人"。

"我记得,"他还说,"很久以前,也许是一个月前,她声泪俱下地给全班念了一个似乎用诗体写成的故事。"

丰塔奈在讲这些事的时候,露出一种恐怖的表情,令我毛骨悚然。第二天,我就有理由相信这个故事不是编出来的,至少大声朗读这一部分不是瞎编的;因为,关于吓得丰塔奈脸色发白的锁链的那部分我一直一无所知,现在我猜想所谓锁链的声响实际上是铲子和火钳发出来的。

下面便是第二天发生的事。

勒芙尔小姐用戒尺敲了敲桌子让大家安静,咳了一声,然后用一种沙哑的声音说:

"可怜的让娜!"

停顿一下之后,她又继续道:

在小村庄的少女中,数让娜最美。

丰塔奈用胳膊肘捅了捅我的胸口,发出一连串笑声。勒芙尔小姐朝他投去愤怒的一瞥;随后,她用一种比忏悔诗还要哀婉的声音继续念可怜的让娜的故事。很可能,甚至可以肯定这个故事从头到尾都是用诗体写成的;不过我只能按我记住的样子来复述。我希望有人能够从我叙述的散文中认出一位散了架的诗人的蛛丝马迹。

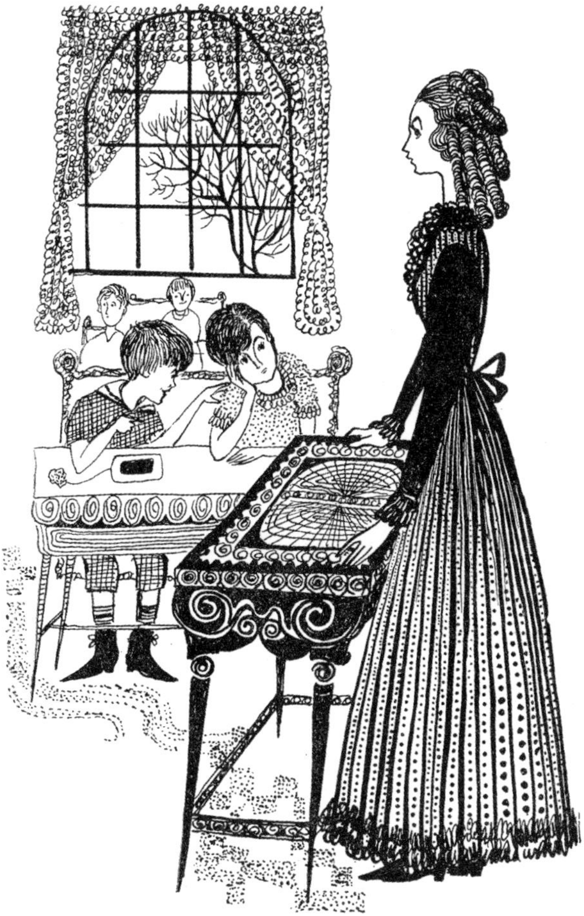

让娜订了婚;她把自己许给了一个年轻勇敢的山里人。那位幸运的牧民名叫奥斯瓦尔德。婚礼的一切都准备就绪,让娜的女伴们给她带来了头纱和花冠。幸福的让娜!可是她突然变得憔悴。她的脸颊蒙上了死人般的惨白。奥斯瓦尔德下了山。他跑到她身边,对她说:"你难道不是我的伴侣吗?"她用微弱的声音回答:"别了!亲爱的奥斯瓦尔德,我要死了!"可怜的让娜!坟墓成了她的婚床,村子里的钟,本该是为她的婚礼而敲响的,却成了她的丧钟。

这个故事里有许多用语我都是第一次听到,而且也不知道是什么意思;不过我觉得它整体上是那么忧伤,那么美丽,以致我听的时候感到身上掠过一阵未曾有过的战栗;这三十来行我无法解释字面意思的诗句向我揭示了忧郁的魅力。因为,除非老了,我们并不需要懂得很多才能感受很多。晦涩的东西可以是动人的,年轻的心灵的确对朦胧情有独钟。

眼泪从我无法承载的心中喷涌而出,丰塔奈的鬼脸和嘲讽都无法止住我的抽泣。不过我那时并不怀疑丰塔奈比我强。直到他当了副部长我才怀疑这一点。

我的眼泪博得了勒芙尔小姐的欢心;她把我叫到身边对我说:

"皮埃尔·诺齐埃,您哭了;给您这个荣誉十字。要记住这诗是我写的。我有一个大厚本,上面写满了和这些诗句一样优美的诗。不过我还没找到出版商来印刷。这是不是很糟糕,简直难以置信?"

"噢!小姐,"我说,"我真高兴。我现在知道您为什么伤心了。您爱那个死在小村庄里的可怜的让娜,因为您想她,所以您很伤心,所以从来没察觉我们在教室里做什么,对吗?"

不幸的是,这些话让她很不快;因为她生气地看着我说:

"让娜是虚构的。您是个傻瓜。把十字还给我,回到座位上去。"

我哭着回到座位上。这回我是哭自己,我承认这些新的眼泪中少了我为可怜的让娜流的眼泪中那种美妙的感觉。还有一件事令我更加困惑:我根本不知道什么是虚构;丰塔奈也不比我知道得多。

回到家后,我向妈妈请教。

"虚构,"妈妈答道,"就是谎言。"

"啊!妈妈,"我说,"真不幸,让娜是个谎言。"

"哪个让娜?"妈妈问。

"在小村庄的少女中,数让娜最美。"

于是我凭着记忆中的样子讲了一遍让娜的故事。

妈妈什么也没说;但是我听见她贴着我爸爸的耳

89

朵说：

"教给孩子的都是些什么无聊的东西！"

"的确，无聊至极。"爸爸说，"您还想让一个老姑娘怎么理解教育呢？我有一套教育方法，哪天讲给您听。按照这个方法，应该向皮埃尔那么大的孩子讲授动物的习性，因为两者的欲望和智力都很接近。皮埃尔能明白狗的忠心、大象的忠厚、猴子的调皮：应该给他讲这些，而不是这些毫无常识的让娜、小村庄和钟。"

"您说得对，"妈妈回答说，"孩子和动物相处得很好，两者都很接近自然。不过，相信我，有一种东西孩子明白起来要比明白猴子的狡黠更容易：那就是伟人的壮举。英雄主义如青天白日一样清清楚楚，即便对一个小男孩来说也是如此；要是给皮埃尔讲骑士阿萨①之死，借助上帝的力量，他会跟您和我一样明白的。"

"唉！"爸爸叹气道，"相反，我认为英雄主义对不同时代、不同地方和不同的人而言有不同的理解。不过这不重要；在牺牲中重要的是牺牲行为本身。即使人们为之献身的东西是虚幻的，这一忠诚之举却不失为一种真实；而这种真实是人类用来装点心灵之苦难的最灿烂的装饰。亲爱的朋友，您与生俱来的宽厚使您比我更好地

---

① 路易·阿萨（1733—1760），法国十八世纪军人、贵族。

领会到这些真相,我是借助实验和思考自己弄明白的。我会把这些真相纳入我的方法中。"

医生和妈妈就这样讨论着。

一周后,我在一片嘈杂声中最后一次在写字板上写下:

> 饥饿将被埋没的马勒菲拉特尔送进了坟墓。

我和丰塔奈一起离开了勒芙尔小姐的学校。

六　特托博居斯①

我觉得当一个人生长在巴黎的塞纳河畔,面对卢浮宫和杜勒利宫,毗邻马扎兰府邸,前面流淌着穿行在古老巴黎的钟塔、角楼和尖顶之间的辉煌的塞纳河,他的头脑就不可能和常人一样。在那里,从盖内戈街到巴克街,一路上的书店、古玩铺还有版画商都纷纷展示着最美的艺术形式和最珍贵的历史见证,令人目不暇接。每一扇橱窗里都摆着五花八门的好玩的东西,散发着奇特的魅力,

---

① 传说中条顿人的国王,体形巨大。

对于眼睛和心灵无不是一种诱惑。拥有一双慧眼的过客在离开时都会带走某种思绪,就像小鸟衔一根稻草飞回去筑巢一样。

因为有书有树,有女人经过,那里就成了世界上最美的地方。

在我童年时,这个古玩市场摆满了古董家具,古版画,旧画、旧书,雕花的橱柜,大瓷花瓶,搪瓷,彩釉陶器,金线饰带,提花织物,人物壁毯,带插图的书,还有封面用摩洛哥皮①装订的初版书籍,比现在要多得多。这些赏心悦目的东西面向的客户群是讲究的收藏家和有学问的人,那时还没有经纪人和演员跟他们争抢。我和丰塔奈在还穿着绣花大领子的衣服和短裤、光着腿肚子的年纪就对这些东西很熟悉了。

丰塔奈住在波拿巴街的拐角,他爸爸在那儿开了一家律师事务所。我父母的公寓挨着西麦公馆的侧翼。我和丰塔奈既是朋友也是邻居。放假的日子,我们一起去杜勒利宫玩的时候,总是经过这条满腹经纶的伏尔泰滨河路,我们手里拿着铁环,兜里揣着弹珠,像那些老先生一样煞有介事地在那些店铺里逛,我们用自己的方式面对着那些来自过去、来自神秘的稀奇古怪的东西胡思

---

① 山羊皮制的鞣革,多用于制作皮具和装订书籍。

乱想。

是的！我们逛来逛去，翻着旧书，端详着那些画。

我们总是兴致勃勃。不过，我得说，丰塔奈并不像我一样对那些老古董满怀敬意。他嘲笑那些老旧的刮胡子盆和断了鼻梁的主教圣像。丰塔奈从那时起就属于在议会讲台上发声的"进步人类"阵营。他的大不敬令我害怕。我一点都不喜欢他管那些奇怪的祖先肖像叫"烟斗头"①。我那时是个保守派，现在也还有一点。我的整个人生观使我成为老树和乡村牧师的朋友。

我和丰塔奈还有一点不同，那就是我倾向于欣赏自己不懂的东西。我喜欢天书；而那个时候，对我来说，什么都是天书，或者几乎什么都是。而丰塔奈则相反，他只有知道一件物品的用途时才乐意研究它。他总说："你看，这里有条铰链，可以打开。这儿有个螺丝，可以拧下来。"丰塔奈是个判断力很强的人。我该补充一句，当他目睹描绘战争场面的画时也会很兴奋。《横渡别列津纳河②》这幅画就颇令他激动。枪炮匠的铺子也同样吸引着我们俩。当我们看到围着绿色哔叽围裙的小普莱特先生置身于一堆长矛、小盾、铠甲和圆盾中间，像锻冶之神伏尔甘一样一

---

① 在法语中指可笑的相貌。
② 一条位于白俄罗斯境内的河流。1812年，拿破仑强渡别列津纳河，被俄军从三路发动袭击，死伤惨重。

瘸一拐地去作坊的尽里头拿来一把古老的剑,然后把它放在工作台上,用铁钳夹紧来清洁剑身、修理剑柄的时候,我们毫不怀疑自己正见证一个壮丽的场面;而小普莱特先生也因此在我们眼里显得无比高大。我们默不作声地待着,紧贴玻璃看着里面。丰塔奈的黑眼睛放着光,他那张棕褐色的清秀的脸神采飞扬。

到了晚上,回想起白天看到的,我们兴奋不已,脑子里萌生出无数令人振奋的计划。

有一次丰塔奈对我说:

"我们用纸板和包巧克力的银色的纸做些和小普莱特店里一样的武器怎么样!……"

这主意是不错。但是我们没能够做出像样的东西来。我做了一个头盔,丰塔奈还以为是魔术师的帽子。

于是我就说:

"我们建一个博物馆怎么样!……"

好主意! 不过我们眼下能放在博物馆里的只有五十颗弹珠和十几个陀螺。

这时,丰塔奈想出了第三个主意。他大声说:

"我们编一部《法国史》吧,记下所有细节,写它五十卷。"

这一提议让我心花怒放,我拍手叫好,表示赞同。我们说好从第二天就开始写,尽管我们还有一页《罗马城的名人》①要学。

"所有细节!"丰塔奈强调说,"要写所有的细节!"

我的确听到他是这么说的。所有细节!

我们被打发去睡觉了。但我在床上躺了足足一刻钟还没睡着,因为我们要写一部包含所有细节的五十卷的《法国史》,这一雄心壮志令我激动不已。

我们开始撰写这部历史。说真的,我已经想不起来我们为什么要从特托博居斯国王开始写。但是我们的计划是这么要求的。我们在第一章里要面对的是特托博居斯国王,他身高三十法尺②,正如对他那偶然被发现的骸骨的测量结果所证实的一样。第一步就和一个巨人交手! 这一交手真是可怕。丰塔奈自己也感到震惊。

"得跳过特托博居斯。"他对我说。

我根本不敢。

五十卷的《法国史》就这样止步于特托博居斯。

多少回,唉! 我在生活中重复着这本书和这位巨人的经历! 多少回,在将要开始一部巨著或投入一场宏伟的事业的时候,我被粗俗地唤作命运、偶然和必然的特托

---

① 用拉丁文编写的教学用简明罗马史。
② 1法尺相当于325毫米。

博居斯骤然叫停！无奈之下,我只好转而感谢和祝福所有堵住我通往布满荆棘的荣耀之路的特托博居斯,感谢他们将我留给了我那两个忠心耿耿的守护神,也就是默默无闻和平庸。我觉得她们两个既温柔又疼爱我。我的确应该回报她们。

至于丰塔奈,我那了不起的朋友丰塔奈,他成了律师、省议员、多家公司的理事、众议员,看到他在各种公共生活中的特托博居斯的两腿之间奔波真是让人不可思议,我要是他的话,早就无数次被撞得头破血流了。

七　朱巴勒神父的威望

我忧心忡忡又骄傲十足地进了八年级预备班。这个班的老师,朱巴勒神父,本身并不很可怕;他看上去并不是个硬心肠的人;看他的神情反倒像位小姐。不过,因为他待在又高又大的黑色讲台上,所以我对他心生畏惧。他的声音和目光都柔柔的,头发卷卷的,双手白白的,心肠软软的。与其说他像老师,倒不如说他像一头绵羊更合适。

有一天我妈妈在接待室见了他之后,喃喃自语说:"他还真是年轻!"她说这句话的时候带着那样一种语气。

当我发现自己不得不为他折服时,我便不再怕他。这发生在我背课文的时候,那是戈蒂耶神父写的关于法兰西最早的国王们的诗。

每句诗我都一口气说出来,好像在念一个单词:

人说法拉蒙是第一个国王
法兰克人在高卢宣布他为王
克洛迪昂占领康布雷后墨洛维统治……

背到这里,我戛然而止,然后重复着:"墨洛维,墨洛维,墨洛维。"这是一个结合美感和实用的韵脚,凭着这一点我想起了在"墨洛维"统治时,"吕泰斯幸免于……"可是幸免于什么呢?因为我已经完全忘记了,所以根本想不起来。对那件事,我得说,我没什么印象。我觉得吕泰斯是个老女人。① 我很高兴她被幸免,不过,说到底,对她的事我很不感冒。不幸的是,神父朱巴勒先生好像执意要我说出她幸免于什么。我就支支吾吾:"呃……墨洛维! ……呃,呃,呃。"但凡这样的情况发生在八年

---

① 吕泰斯为巴黎的旧称。文中的孩子误以为是一个女人,说明他没有用心读书。

级预备班上是正常的话,我就把脑袋拧下来。我的邻座丰塔奈在一边笑话我,朱巴勒先生则锉着他的指甲。终于他开口了:

吕泰斯幸免于阿提拉的愤怒

"您既然忘记了这句诗,诺齐埃先生,就应该自己重写而不是突然停下来。您可以说:

吕泰斯幸免于阿提拉的侵略

"或者:

吕泰斯幸免于阴郁的阿提拉之手

"或者更优雅一点:

吕泰斯幸免于上帝的惩罚

"只要押韵就可以换别的词。"

我得了一个很差的分数;但是朱巴勒神父展露的诗歌才华令他在我眼中威望大长。这一威望之后不断增加。

朱巴勒先生虽然被分配教诺埃尔和沙普萨勒①语法以及戈蒂耶神父的《法国史》，但他对道德和宗教教育同样重视。

一天，不知何故，他露出一副庄严的神情对我们说：

"孩子们，要是你们接待一位部长时会殷勤地尽地主之谊，像对待君主的代表一样；那么，对代表上帝在人间的神父，你们用什么样的礼遇不是应该的呢？上帝高于国王多少，神父就高于部长多少。"

我从来没有接待过部长，也不指望短期内会接待他们。我甚至可以肯定，即使有部长来家里，到时候，妈妈也会打发我去和保姆们一起吃饭，就像每次有盛大晚宴时那样，可惜得很。不过这丝毫不妨碍我明白神父是极其值得尊敬的人，当我把这一真理应用到朱巴勒先生身上时，我有点慌了。我想起自己曾当着先生的面将一个纸人粘在丰塔奈的后背上。这算是尊敬吗？如果是当着一位部长的面，我也会把纸人粘到丰塔奈背上吗？肯定不会。然而我却当着朱巴勒先生的面这么做了，虽然他没有察觉，他的身份可是在部长之上啊。而且那个纸人

---

① 诺埃尔和沙普萨勒，1823年出版的一部新法语语法的编者。这部语法在十九世纪再版了八十次。

还吐着舌头！我猛然醒悟，羞愧难当。我决心要对朱巴勒神父恭恭敬敬，虽然之后我偶尔也在上课时把小石子塞到丰塔奈的脖子里，或在朱巴勒神父的讲桌上面画些小人儿，但让我感到安慰的是我至少知道自己错误的严重性。

那以后不久，我有幸见识到了神父朱巴勒先生的心灵有多高贵。

当时我在小教堂里，和两三个同学一起等着告解。日头渐低。教堂昏暗的拱顶上，金星在长明灯下微微发颤。祭坛区深处，彩色的圣母像在朦朦胧胧中忽隐忽现。祭台上摆着金色花瓶，瓶中插满了花；空中飘着一股焚香的味道；隐隐约约可以看见数不清的东西。无聊，就连无聊，这一孩子们的死敌，在这个小教堂的氛围中也披上了一层温柔的色彩。我觉得这个小教堂的祭台连接着天堂。

太阳落山了。突然，我看见朱巴勒先生提着一盏灯，一直走到祭坛区。他深深地跪拜了一下，然后打开栅栏，走上了祭坛的台阶。我看着他：他打开一包东西，里面露出很多假花花环，那些花很像七月份时老太太们在街上卖给我们的一簇簇樱桃。看到我的老师走近圣母，我觉得很神奇。神父先生，您把几颗钉子放到了嘴里；我开始担心您要把它们咽下去，但这是为了让您的手够得着这些钉子。因为我看见您爬上一个凳梯，开始将花环围着壁龛钉起来。您还不时从凳梯上下来，为了离远一点看看您钉的效果，您很满意；您的双颊通红，两眼放光；要不是您的牙齿咬着钉子的话，您一定在微笑。我对您佩服得五体投地。尽管放在地上的灯照着您的鼻孔，显得有点滑稽，我却觉得您很美。我明白了您远在那些部长之上，正如您在巧妙的演讲中向我们暗示的一样。我觉得装饰着全副羽毛、骑上白马去打赢一场仗也比不上将花环挂在教堂的墙上这一举动更美、更令人称道。于是我知道自己的志向就是效仿您。

我当天晚上就开始在家里学您的样，拿妈妈的剪刀把我所能找到的纸都剪了做花环。我的作业遭了殃，尤其是法语练习损失惨重。

那是根据一位科冈坡先生编的教材出的练习，那教材是一本残忍的书。我不是个爱记仇的人，要是这位作者的名字不那么好记的话，我会毫不计较地忘记他。可是科冈坡却没法让人忘记。我不想借机针对他。不过，请恕我对通过做那么痛苦的练习来学一门被称作母语的语言这一做法不敢苟同，我妈妈只需在我面前说说话就能把我教会。因为我妈妈说起话来令人着迷！

可是神父朱巴勒先生对科冈坡的作用深信不疑，因为他不赞同我的理由，就给了我一个很差的分数。一学年在风平浪静中结束了。丰塔奈在他的课桌中养起了毛毛虫。出于自尊,我也养了,尽管这些虫子让我感到恐惧。丰塔奈恨科冈坡,这一怨恨将我们团结在一起。一听到科冈坡的名字,我们就坐在板凳上交换会意的眼神,做着夸张的鬼脸。这是我们的报复。丰塔奈私下告诉我,要是八年级还学科冈坡,他就去一艘巨轮上当小水手。这一决心深得我心,我答应和他一起去。我们就此慷慨结义。

颁奖那天,丰塔奈和我都变得让人认不出来了。这也许是因为我们被精心打扮过了。我们的新衣服、白裤子,人字斜纹布的帐篷,蜂拥而至的家长,装饰着彩旗的奖台,所有这一切都让我生出身处重大场合时的那份激动。成堆的书和桂冠光彩夺目,我焦急不安,试图从中猜出自己的那份。我坐在凳子上,身体在颤抖。不过,丰塔奈比我理智,他不去猜结果。他镇定自若。丰塔奈探着他那爱打听的小脑袋四处张望,留意父亲们变形的鼻子和母亲们滑稽的帽子,表现得很镇定,这是我做不到的。

音乐声骤然响起。校长穿着长袍,外面披着一件礼仪小披风,陪同一位身穿军礼服的将军出现在奖台上,走在老师们的前面。我从中认出了所有的老师。他们按级别在将军身后就座:先是副校长,然后是高年级的老师;然后是普通乐理老师舒维尔先生,书法老师图永先生,体操老师莫兰中士。神父朱巴勒先生最后一个出现,坐在尽里头的一个矮凳子上,因为地方不够了,那个凳子只有三条腿摆在奖台上,另外一条腿陷到铺在台上的布里去了。不过他就连在这么不起眼的位置上也没能待多久。新上来的人把他挤到一个角落里,他消失在一面彩旗下。有人在他身上放了一张桌子,然后就完了。朱巴勒先生这一消失乐坏了丰塔奈。而我,看到把一个如此擅长花与诗,并且代表上帝在人间的人像一根拐杖或一把伞一样扔在角落里,心里真是五味杂陈。

八　丰塔奈的鸭舌帽

每个周六,我们都被带去做忏悔。要是有人能告诉我这是为什么,我将不胜感激。这一做法既让我肃然起敬又令我十分苦恼。我觉得神父先生不会真的有兴致来听我的罪过;但是要我跟他说自己的罪过却真的很遭罪。第一大难题就是找出罪过。如果我说十岁的我还不具备相当的心理素质和分析方法可以理性地剖析我的内在良心,您或许会相信。

可是必须要有罪过;因为没有罪过就没有忏悔。的确,他们给了我一本小册子,所有的罪过都在里面写着。

可是就连从中选一下都很难。因为里面有那么多罪过，而且还那么难懂：什么扒窃罪、买卖圣物罪、渎职罪、通奸罪、淫欲！我在这本书里还看到："我忏悔自己萌生了绝望的念头。——我忏悔自己听了不好的谈话。"就连这些也让我好生为难。

所以我通常只在心不在焉的那一类中选。做弥撒时心不在焉，吃饭时心不在焉，"集合"时心不在焉，我什么都承认，而我空洞得可怜的良心让我觉得很丢人。

我为没有罪过而羞愧。

终于有一天，我想到了丰塔奈的鸭舌帽；我抓到我的罪过了；我得救了！

从那天起，我每个周六都将丰塔奈的鸭舌帽这一重负卸在神父脚下。

鉴于我通过这顶帽子损害他人财产的方式，每个周六，有那么几分钟，这顶鸭舌帽都会让我对自己的灵魂是否能够得救而产生深深的担忧。我往帽子里装满沙子；把它扔到树上，然后像击落尚未成熟的果子一样用石头把它打下来；或者把它当成一块抹布用来擦黑板上的粉笔画；又或把它从通风口扔到够不着的地窖里，等机灵的丰塔奈放学后终于找到帽子的时候，它早就成了一块脏兮兮的破布。

但是，有一位仙女一直守护着这顶鸭舌帽，因为第二天早上,它总会以令人意想不到的干净、体面、近乎优雅的面貌出现在丰塔奈头上。天天如此。这位仙女是丰塔奈的姐姐。就这一点,足以看出她是个干家务活的好手。

不止一次,当我跪在神圣的审判庭脚下告解时,丰塔奈的帽子却正因为我沉入正院水池的底部。那种情景真是微妙得无法言说。

那么究竟是什么惹得我对这顶帽子充满敌意呢?是报复。

因为一个书包,丰塔奈一直加害于我。那个书包是我节俭的叔叔给我的,样式又老又古怪,可把我害惨了。它对我来说太大了,而我对它来说太小了。况且,它的样子也不像书包,因为它根本不是书包。那是一个旧的公文包,可以像手风琴一样拉开,我叔叔的鞋匠还给它加了一条背带。

我觉得这个公文包面目可憎,这不无道理。不过现在看来它并没有难看到活该让人对它肆意羞辱的程度。公文包是红色摩洛哥羊皮的,镶着宽宽的金色花边,铜锁上方印着一个冠形饰物和一些破碎的徽章。衬里曾经是蓝色的丝绸,不过已失去光泽。要是现在它还在的话,我会多么专心地打量它!因为想到那个冠形饰物,应该是个王冠,而盾形纹章上还能看到(要不就是我梦见过)没被刀子完全划掉的三朵百合,我怀疑那个公文包原先是属于路易十六的一位部长的。

但是丰塔奈根本不管书包的历史,他只要看到我背着它,就根据不同季节往上扔雪球或七叶树果子,而弹力球是一年到头都不断。

事实上,我的同学们和丰塔奈看我书包不顺眼只因为一个理由:就是它的样子很特别。它和别的书包不一样;因为这一点,它给我招来了所有的麻烦。孩子们对平等抱着一种简单粗暴的态度。他们不能容忍任何特色鲜明或别出心裁的东西。我叔叔在给我这一害人的礼物时没有留意到这一特点。丰塔奈的书包很难看;他的两个哥哥轮番拖着它上学,脏得不能再脏了;上面的皮都剥落裂开了;带扣也掉了,换上了细绳;但是因为那个书包没有什么特别之处,所以丰塔奈从不觉得有什么不妥。而我,只要我背着公文包走进学校院子,震耳欲聋的讥讽声立马就会冲我响起,我被团团围住、推推搡搡、摔趴在地。丰塔奈管这叫严刑拷打,他把脚踩在我的背上。虽然他不是很重,但是我觉得很屈辱。我一站起来就扑向他的帽子。

唉!他的帽子历久弥新,而我的书包也是坚不可摧。我们的暴力行为就这样受制于无情的命运,就像阿特里德家族①的古屋里发生的罪行。

九　德西乌斯·穆斯②最后的话

今天上午,我在河岸逛旧书摊时,在一个标价两苏的盒子里发现了一册不成套的蒂托·李维③的书。我随意翻阅时看到了这句话:"罗马军队的残兵败将趁着夜色到达了卡诺休姆④",这句话让我想起了肖塔尔先生。不过,当我想起肖塔尔先生的时候,要想好一会儿。我回到家里吃午饭的时候还在想他。因为我的嘴角挂着一丝微笑,家人便问我缘由。

"缘由,我的孩子们,是肖塔尔先生。"

"这位让您开怀的肖塔尔先生是谁?"

"我来讲给你们听。要是你们烦我了,也要装作在听,好让我觉得固执的讲故事人不是在讲给他自己听。

---

① 传说中古希腊城邦米塞讷的国王家族,曾经由于被诅咒发生一系列家族分裂的残忍而血腥的罪行。
② 德西乌斯·穆斯,公元前340年当选罗马执政官,在萨莫奈战争中为国捐躯。
③ 蒂托·李维(前64或59—17年),古罗马历史学家,著有《罗马史》。
④ 现在的卡诺萨,位于意大利南部。

"我当时十四岁,上三年级。我的老师姓肖塔尔,他的肤色像老修道士一样红润,而他就是一个老修道士。

"肖塔尔修士曾经是圣弗朗索瓦教会最温顺的弟子之一,他于一八三〇年脱衣还俗,穿上了世俗的衣服,但却从未穿出风采来。肖塔尔修士为什么这么做呢?有人说是因为爱情;有人说是因为害怕,在光荣的三天①后,当家做主的人民往××嘉布遣会修士身上扔了几个白菜根,肖塔尔修士于是就从修道院的围墙跳了出去,免得迫害者们犯下虐待修士那么大的罪过。

"这位善良的修士是位饱学之士。他拿学位,教课,过日子。当我和同学们被带到他班上时,他已经熬得头发花白,脸颊红润,鼻子泛着红光。

"我们的三年级老师是多么好战啊!真应该看看他一手拿着课文,带领布鲁图斯②的战士来到腓立比③的样子。那是何等勇气!何等伟大的心灵!何其英勇!不过他当英雄是要看时间的,这个时间不是现实中的时间。肖塔尔先生在日常生活中显得惴惴不安,担惊受怕。他

---

① 光荣的三天指1830年7月27日到7月29日法国七月革命的三天。
② 布鲁图斯(前85—前42),罗马共和国元老院议员。
③ 马其顿城市。公元前42年,罗马帝国内战在此爆发,布鲁图斯战败自杀。

很容易受惊吓。

"他怕小偷,怕疯狗,怕打雷,怕车子和所有从近处或远处会伤害到一个有教养的人的皮肉的东西。

"说真的,他只是身子和我们在一起,他的灵魂远在古代。这个出色的男人和列奥尼达一世①一起生活在温泉关②;在萨拉米斯海上,在特米斯托克利③的战舰上;他在坎尼的田野中追随着保卢斯④;血淋淋地掉入特拉西美诺湖⑤,后来一个渔夫找到了他的罗马骑士指环。他在法萨卢斯⑥对抗恺撒和诸神;在海西大森林⑦里挥舞着在瓦鲁斯⑧的尸体上折断的利剑。他真的是一个十足的斗士。

"他毅然决然在伊哥斯波塔米河⑨边拼死抵抗,在被

---

① 列奥尼达一世(约前540—前480),斯巴达国王。
② 希腊中部东海岸的一条狭窄通道。公元前480年,列奥尼达一世率领三百名斯巴达战士在此抵抗波斯帝国的入侵。
③ 特米斯托克利(约前525—前460),古希腊政治家、军事家。第二次波希战争期间,在萨拉米斯战役中击败波斯帝国。
④ 保卢斯(?—前216),古罗马政治家、统帅。公元前216年,迦太基军队统帅汉尼拔在意大利坎尼击败保卢斯率领的罗马军队。
⑤ 位于意大利中部。在公元前217年的特拉西美诺湖战役中,汉尼拔全歼罗马三万主力军。
⑥ 希腊小城。
⑦ 古时日耳曼南部的大森林。
⑧ 瓦鲁斯(前46—前9),罗马帝国政治家、将军。
⑨ 巴尔干半岛东南部河流。公元前405年雅典海军在这条河的河口被击溃,从而结束了伯罗奔尼撒半岛的战争。

围困的努曼西亚①骄傲地将解放之杯一饮而尽,却也不惜和狡猾的军官一起使用最背信弃义的手段。

"'值得推荐的一个计谋,'一天,肖塔尔先生在评论埃里安②的一篇课文时对我们说,'是把敌军引入一个狭道,然后用岩石块砸他们。'

"他丝毫没有告诉我们敌军是否经常乖乖地上当。不过我现在迫不及待地想让话题回到为他在学生心中赢得盛誉的那点上来。

"他给我们的作文题目,不管是法语还是拉丁语,都是战斗、围城,还有赎罪仪式,正是在口授标准答案时他展现了自己的口才。他使用这两种语言时的风格和叙述方式表现出同样的好战热情。有时候他会中断思绪,停下来给我们布置罚做的作业,不过他在说这些题外话的时候依然保持着慷慨激昂的语气;他一会儿是激励军队的罗马执政官,一会儿是罚学生抄作业的三年级老师,但用的是同一种语气,这在学生的头脑里造成了很大的混乱,尤其是因为不知道到底是执政官在说话还是老师在说话。有一天,他竟然还用一个无与伦比的演讲超常发挥了这一幕。这篇演讲,我们都烂熟于心;我特意将它一

---

① 古西班牙城市。因其在凯尔特伊比利亚战争中与罗马共和国的对抗而为人熟知。
② 埃里安,生活在一世纪末二世纪初的希腊作家。

字不漏地写在了我的本子上。

"下面就是我那时听到的,也是现在听到的,因为我觉得肖塔尔先生浑浊的声音还在我耳边回响,我耳中装满了他那单调而庄严的声音。

德西乌斯·穆斯最后的话

在临近用自己来祭祀阴灵之神之际,德西乌斯·穆斯一边用马刺夹着他那匹暴烈的骏马的两肋,一边最后一次回过头来对他的战友们说:

"要是你们不能保持安静的话,我会把你们都留下来。我为了祖国即将步入永生。深渊在等着我。我将为了集体的救赎而死。丰塔奈先生,您给我抄十页拉丁语入门书。卡皮托利山的朱庇特,永恒之城不朽的守护神,理智地做出了这样的决定。诺齐埃先生,如果您的确如我所料,跟平时一样把作业给丰塔奈先生抄的话,我会给您父亲写信。一个公民为了集体得救而牺牲自己是正确和有必要的。你们羡慕我吧,不要为我哭。无缘无故地笑是愚蠢的。诺齐埃先生,您周四下课后不许回家。我会作为榜样活在你们中间。先生们,你们的冷笑很不得体,是我不能容忍的。我会把你们的表现告诉校长。

我将在向英雄的亡灵开放的爱丽舍中看到共和国的圣女们将花环悬挂在我的画像下面。"

"那个时候我的笑腺特别发达。我把它全部施展在了德西乌斯·穆斯的最后一席话上,肖塔尔先生在给了我们最大的笑点后又补充说没有理由的笑是愚蠢的,这下乐得我把头埋到一本字典里笑晕了。那些没有在十五岁时一边笑得不能自已,一边被铺天盖地罚了一堆作业的人是体会不到那样的快感的。

"不过别以为我只会在课上开小差。我那时是一个有自己一套方式的相当不错的小人文学者。我能非常强烈地感受到人们如此贴切地称之为'美丽文字'[①]里面那些动人而高贵的东西。

"我从那时起就产生了对拉丁美文和典雅法语的热爱。我现在还没有丢弃这份爱好,全然不顾我那些最幸福的同时代人的建议和示范。在这一点上,我的遭遇就像那些信仰遭到蔑视的人通常遇到的情况一样。我将自己从一个原本也许只是可笑的人变成了一个骄傲的人。我执着于我的文学,坚持当一个古典主义者。别人尽可以把我当作贵族或不求上进的人;但是我认为六七年的

---

① 在法语中指语言文学,字面意思是"美丽的文字"。

文学修养赋予已经足够有能力接受它的心灵的是一份高贵、一种优雅的力量和一种美,那是通过其他任何方式都无法获得的。

"至于我,我美美地品读了索福克勒斯①和维吉尔②。肖塔尔先生,我承认,肖塔尔先生借助于蒂托·李维,唤起了我美好的梦想。孩子们的想象力是神奇的。小淘气包的脑袋里有着美妙无比的意象!当肖塔尔先生不引我发笑的时候,他在我心中注入的是满腔热情。

"每当他用一个老说道者的浑浊的声音慢慢念出这句话:'罗马军队的残兵败将趁着夜色到达了卡诺休姆',我仿佛看见在月光下,在光秃秃的田野中,一张张沾着血迹和灰尘的铁青的脸,坑坑洼洼的头盔,褪了色的扭曲得变形的盔甲,还有一把把断剑,从两边立着坟墓的路上悄悄经过。这若隐若现、慢慢消逝的一幕是如此庄严,如此凄凉又如此豪迈,我的心中因着痛苦和崇拜而汹涌澎湃。"

---

① 索福克勒斯(前497或496—前406或405),古希腊悲剧代表作家之一。
② 维吉尔(前70—前19),奥古斯都时代的古罗马诗人,被广泛认为是古罗马最伟大的诗人之一。

十　人文科学

我来跟您说说,每年,到了秋天,那动荡的天空,那最初的灯下晚餐,那瑟瑟摇曳的树上渐渐变黄的树叶在我心中唤起的回忆;说说在十月初的日子里,我穿过卢森堡公园时的所见所闻,那时的公园显得有些凄凉,但却比任何时候都要美;因为树叶一片一片地落到雕像白色的肩头。我看到公园里有一个小家伙,他背着书包,双手插在兜里,像麻雀一样蹦蹦跳跳走在上学的路上。不过,只有我的思绪能看得到他;因为这个小家伙是一个影子,是二十年前的我的影子。这个小男孩真的很吸引我:他在的时候,我并不怎么在乎他;但是现在他一去不复返了,我却喜欢上了他。总之,他要胜过在失去他之后我有过的所有其他的我。他冒冒失失,但并不顽劣,我应该公道地说他不曾给我留下任何不好的回忆;我失去的是一个天真无邪的人:我自然会怀念他,自然会在脑海里看到他,并且饶有兴趣地回忆起他。

二十五年前,在这样的季节,早晨八点之前,他穿过这个美丽的花园去上学。他心里有点难受:开学了。

不过,他还是一路小跑着,背着书包,兜里揣着陀螺。

一想到要见到同学们了,他又满心欢喜起来。他有那么多事要说,有那么多事要听!他不是想知道拉博里耶特是否真的去莱格勒的森林打猎了吗?他不是要回敬拉博里耶特说自己在奥弗涅山里骑马了吗?做了这样的事可不是用来遮遮掩掩的。还有,和同学们重逢是多么开心啊!他是多么迫不及待地想见到丰塔奈啊,那个经常善意地嘲笑他的朋友,那个不比一只耗子大却比尤利西斯①还要机智,潇洒自如地样样都拿第一的丰塔奈!

一想到丰塔奈,他顿时感到一身轻松。他就这样在清晨凉爽的空气中穿过卢森堡公园。他那时所看到的一切,就是我现在眼前看到的。同样的天空和大地;景物依旧,依然保持着昔日的灵魂,那些灵魂让我欢喜让我忧,也让我心潮起伏;唯有他已经消失不再。

这就是为什么,随着老之将至,我对开学的兴趣越来越浓厚了。

如果我寄宿在中学的话,那么上学的回忆对我来说就会很残酷,我会把它赶走的。不过我的父母并没有送我到寄宿学校让我遭这份罪。我在一所隐蔽的、有点类似修道院学校的老式中学当走读生;我每天都可以看到街头,看到家,不像那些寄宿生一样,我没有被隔离于公

---

① 即奥德修斯,荷马史诗中的古希腊英雄。

共生活和私人生活之外。所以我的情感没有受到奴隶般的束缚;它们带着自由赋予信仰它的万物的那种平和与力量成长。这些情感中不掺有任何怨恨,但却有着善良的好奇心,我是为了爱才想去了解。我那时在路上的所见所闻,不管是人、动物还是事物,超乎想象地使我得以在朴实和浓郁的氛围中感受着生活。

没有什么比得上街头更能让一个孩子明白社会这部机器。他需要在早上见过送奶工、挑水工、烧炭人;他需要观察过杂货铺、肉铺和酒铺;他得看看音乐开道的士兵列队经过;总之,他得嗅嗅马路上的气息来感受到劳动法则的神圣,明白每个人都要在这个世界上履行自己的职责。在这些清晨或傍晚,从家里到学校,从学校到家里的来回穿梭中,我对形形色色的行业和从事这些行业的人们产生了一种深情的好奇心。

不过,我得承认,我并非对什么都一视同仁。那些在橱窗里摆着彩色版画的文具商是我的最爱。不知有多少次,我压扁了鼻子将脸贴在玻璃橱窗上,从头到尾读着那些图画故事的文字解说!

我在短短的时间里学会了很多:有种异想天开的东西使我展开想象,在我身上开发这种能力。如果没有想象,即使是在实验方面和自然科学领域,人们也将一无所获。那些透过天真和动人心魄的形式来表现生活的作品令我第一次直视命运——这最可怕的东西，或者更确切地说，唯一可怕的东西。总之，彩色版画让我受益良多。

稍后，十四或十五岁的时候，我不怎么在杂货铺的货架前逗留了，尽管那些糖煮水果罐头曾久久让我垂涎欲滴。我对针线匠不屑一顾，也不再去猜店铺招牌上闪着金光的谜一般的Y①是什么意思。我也几乎不怎么在葡萄酒零售老店门前停顿，像之前一样去辨别饰有故事图案的栅栏上幼稚的字谜，那上面有铁铸的楹梓或彗星。

我的头脑变得更加敏锐，我只留意版画铺、旧货摊和旧书箱。

噢！寻午路上脏兮兮的老犹太人，塞纳河畔朴实的旧书商，我的老师，我是多么感激你们！你们和大学老师一样，甚至比他们更好地启迪了我的智慧。正直的人们，你们将昔日生活的神秘形式和人类思想的各种不朽的珍品展示在我眼前，令我心驰神往。我在你们的书箱里四处翻寻，对那些装满了我们父辈可怜的遗物、承载了他们伟大思想的沾满灰尘的书架默默凝视，一种最健康的哲学就这样不知不觉地渗透我心。

是的，我的朋友们，因为频繁接触你们为谋求生计

---

① 此处形容剪刀倒过来的形状。

而出售的被蛀虫啃蚀的旧书、锈迹斑斑的废铁和被蛀空的木版画,我从孩提时代起就深深感受到了事物的流逝和万物皆空。我猜到生命只不过是整个幻想世界中一些变化无常的画面,从那时起,我就变得多愁善感,悲天悯人。

正如您看到的那样,露天学校向我传授着高深的学问。而家庭学校则更加让我受益良多。家庭聚餐是多么温馨,大肚玻璃水瓶清澈透明,桌布洁白无瑕,每个人脸上神情安逸,每天在熟悉的闲聊中进行晚餐,这一切都会激发孩子对家中事物,对那些生活中微不足道却神圣的事物的热爱,并让他领会这一切。如果他有幸和我一样拥有智慧和善良的父母,他在饭桌上听到的话会赋予他正确的观念和对爱的向往。他每天吃的是天父用手掰开施舍给以马忤斯客栈的朝圣者的面包。他会像那些人一样对自己说:"我的内心是火热的。"

然而在寄宿学校的食堂里吃饭就没有这么温馨,也没有这样的效果了。噢!家庭这个好学校!

可是,如果有人认为我瞧不起古典学业,那可就误会我了。我觉得,要培养一个人,没有比按照法国的老一辈人文学者的方法来学习古希腊、古罗马文学作品更好的了。人文科学一词,意思是优雅,这跟古典文化很相称。

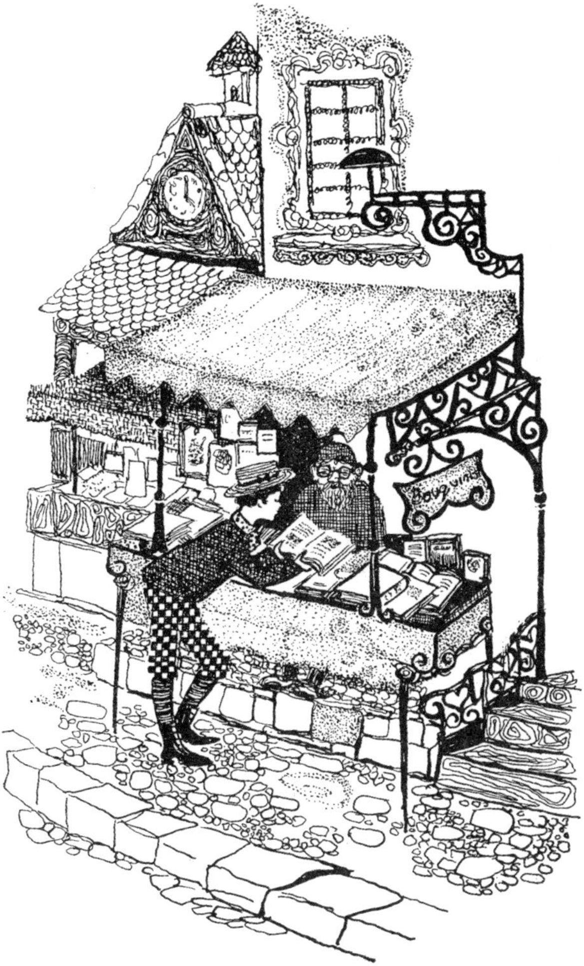

我刚才带着几分好感和您说起的那个小家伙——也许人们会谅解这份好感,因为要知道它是对一个影子的好感,并不是冲我自己的——那个像麻雀一样蹦蹦跳跳穿过卢森堡公园的小家伙,请您相信,他是一个相当不错的人文科学爱好者。他在幼小的心灵中品味着罗马的力量和古代诗歌中的伟大形象。那个爱逛旧书摊、与父母共进晚餐的走读生因为享有的自由而能够看到和感受到的一切,丝毫没有让他漠视学校传授的优美语言。远非如此:他和有教养的老学究先生严加管教出来的小学生一样,像阿提库斯①和西塞罗②般才华横溢。

他很少为荣誉而学习,也不经常榜上有名;但只要是他喜欢的,他就会非常努力,正如拉·封丹说的那样。他的翻译做得很好,他的拉丁语演说,要不是总有几个句法错误造成的瑕疵,甚至可能会得到督学的表扬。他不是已经告诉过您,他在十二岁的时候就被蒂托·李维的叙述感动得热泪盈眶吗?

然而,他在朴实无华中感受到美,是在他接触到希腊的时候。不过他接触得有点晚。伊索寓言先给他的心灵蒙上了阴影。那是一个驼背老师讲授给他的,一个身心

---

① 阿提库斯(前110—前32),古罗马贵族、演说家,西塞罗之友。
② 西塞罗(前106—前43),罗马共和国晚期的哲学家、政治家、演说家。

都驼背的老师。您见过泰尔希特①带领着年轻的加拉太人②行进在缪斯的树丛中吗?那个小家伙没想到会这样。您以为他那个专攻解释伊索寓言的驼背老师可以充当泰尔希特这一角色吧:不!他是个假驼背,一个驼背巨人,没有灵魂没有人性,一心向恶,是一个最不公正的人。他一文不值,甚至不配解释一个驼背的思想。再说,这些平庸枯燥的所谓伊索寓言,是经过一个拜占庭僧侣的润色之后传授给我们的,这位僧侣在他剃去头发的圆顶之下长着一个狭隘而贫瘠的脑袋。我五年级的时候还不知道这些寓言的来源,我也不屑于知道;不过我当时对它们的判断和如今完全一样。

伊索之后,我们开始学荷马。我看见忒提斯③像白色的云团一样升起在海上,我看见瑙西卡④和她的同伴们,看见提洛岛⑤的棕榈,我看见天空、大地和海洋,还有安德洛玛克⑥含泪的微笑……我都懂,我能感受到。我曾

---

① 荷马史诗《伊利亚特》中的喜剧人物,丑陋和懦弱的化身。参加特洛伊战争,被阿喀琉斯杀死。
② 古时候移居小亚细亚中部的凯尔特人。
③ 古希腊神话中的海中仙女。
④ 《奥德赛》中的著名人物,淮阿喀亚王之女。
⑤ 古希腊岛屿。
⑥ 史诗《伊利亚特》中的女主人公,希腊神话中特洛伊英雄赫克托耳的妻子。

有六个月无法从《奥德赛》中走出来。这给我招来众多惩罚。不过被罚抄作业又算得了什么呢?我和尤利西斯一起在"紫色的海上"!接着我发现了悲剧。我不太明白埃斯库罗斯①;但是索福克勒斯,还有欧里庇得斯②为我开启了男女英雄们的迷人世界,引导我进入了悲情诗。我每读一个悲剧,都会悲喜交加,热泪盈眶,激动得浑身颤抖。

阿尔克提斯和安提戈涅③给了我一个孩子所能有的最高贵的梦想。在沾着墨水的课桌上,我把头埋在字典里,看到一张张天神般的脸、垂落在白色长裙上的象牙般的胳膊,听到胜过最美妙的音乐的声音在婉转地哀叹。

这又给我招来新的惩罚。这些惩罚是公正的:我沉迷于与课堂无关的东西中。唉!这个习惯一直改不了。在我的余生中,不管把我放到哪个生活的课堂上,我恐怕,即使一把年纪了,也还会受到来自我的中学老师的那种责备:"皮埃尔·诺齐埃先生,您在做与课堂无关的事。"

不过,最能让我在这光与诗的街头沉醉的是冬天的傍晚,放学后。我在路灯下和亮着灯的橱窗前读诗,然后一路走一路小声背诵。夜色笼罩下的郊区狭窄的街道呈

---

① 埃斯库罗斯(前525—前456),古希腊悲剧诗人,有"悲剧之父"的美誉。
② 欧里庇得斯(前480—前406),古希腊悲剧大师。
③ 分别是欧里庇得斯和索福克勒斯悲剧中的女主人公。

现出冬天夜晚一派忙碌的景象。

我常常会撞到某个糕点铺伙计,他头上顶着一筐东西,像我一样沉浸在梦想中,或者我会突然感到可怜的拉车的马呼出来的一股热气喷到脸颊上。现实并没有破坏我的美梦,因为我深爱郊区的老街,那上面的石头是看着我长大的。一个傍晚,我在一个栗子商贩的灯下念着写安提戈涅的诗:

噢!坟墓!噢!新婚之床!……

在过了四分之一个世纪后,每当我想起这句诗,眼前总会出现卖栗子的奥弗涅人往纸袋里吹气的样子,总会感觉到我身旁烤栗子的炉子散发出的热气。对这个好人的回忆在我的记忆中和底比斯贞女的哀叹天衣无缝地融合在了一起。

就这样我学了很多诗。就这样我掌握了有用和宝贵的知识。就这样我探索着我的人文科学。

我的方法对我很适用,对其他人可能毫无用处。所以我不准备推荐给别人。

此外,我得向您忏悔,因为受荷马和索福克勒斯的滋养,当我进入修辞学的时候,我失去了兴趣。这是我老师对我说的,我很愿意相信他。一个人在十七岁的时候,很少会有好的品味。为了让我提高水平,我的修辞学老师向我建议专心学习卡齐米尔·德拉维涅①全集。我没有听从他的建议。索福克勒斯给我留下了难以磨灭的影响。我那时觉得这位修辞学老师并不是一个大学问家,我现在仍然这么认为;不过,他有一颗忧郁的内心、正直的性格和骄傲的灵魂。尽管他教了我们一些文学异端邪说,至少他让我们看到了什么是一个有教养的人。

这一学问很有价值。夏龙先生受到所有学生的尊敬。因为孩子们能够非常准确地衡量他们老师的道德价值。二十五年前我对不公正的驼背和正直的夏龙的看法,今天依然没有改变。

不过,夜色已落在卢森堡公园的梧桐树上,我唤起的小幽灵已消失在黑暗中。别了,我失去的那个小小的我,如果你没有以更美好的面貌出现在我儿子身上,我将永远感到遗憾!

十一 爱神木森林

我曾经是一个非常聪明的孩子,但是到了十七岁上,

---

① 卡齐米尔·德拉维涅(1793—1843),法国诗人和剧作家。

我变傻了。我害羞得要命，连问候和跟人一起就座都会紧张得满头大汗。只要有女人在场我就会惊慌失措。我严格遵循《效仿耶稣》①里的训规。那是我不知道在哪个低年级班上学的，我之所以记住了这些出自高乃依之手的诗句是因为我当时觉得它们有点奇怪：

>小心翼翼地避免和女人打交道；
>你的敌人会从中抓住你的把柄。
>把贤良淑德的她们
>一起举荐给至高无上仁慈的主，
>见面切记立刻道别，
>爱她们每个人，像上帝一样爱。

我遵从着这位虔诚的老修士的建议，不过那是因为我身不由己。我很希望能够不要如此匆忙地告别女人。

在我母亲的朋友中，有一位令我格外想待在她身边，和她多说说话。她是一位英年早逝的著名钢琴家阿道尔夫·冈斯的遗孀。她的名字叫爱丽丝。我从未看清过她的秀发、她的双眼和她的牙齿……那种飘忽、发光、闪烁

---

① 《效仿耶稣》，写于十四世纪末或十五世纪初，教导人们要以耶稣为榜样，效仿他的一言一行。这里引用的是由高乃依翻译的法文版。

和令人目眩的东西怎么可能看得清呢？我觉得她真的比梦还美,散发着一种超凡脱俗的光彩。妈妈总说冈斯夫人的容貌要是细看起来没什么特别的。每次妈妈发出这样的感触,爸爸就会怀疑地摇头。也许是因为这位了不起的父亲和我一样:他不以细节去评判冈斯夫人的容貌。而且,不管细节如何,整体很迷人。您别信我妈妈的话,我向您保证冈斯夫人是个美人。冈斯夫人吸引着我:美是一种甜美的东西;冈斯夫人也让我害怕:美是一种可怕的东西。

一天晚上,爸爸在招待几位客人的时候,冈斯夫人走进客厅,她神情和蔼,这稍稍给了我勇气。有时候,在男人中间,她就像一个给小鸟喂食的散步者。她会突然摆出一副傲慢的神情;脸色冰冷,闷闷不乐地慢慢摇动她的扇子。我那时不知道她为什么这样。我现在全明白了:冈斯夫人在卖弄风情,仅此而已。

刚才我跟您说到那天晚上在走进客厅的时候,她向每一个人,连同最不起眼的人——我,都投去了一丝微笑。我一直盯着她看,而且我觉得自己在她美丽的双眼中捕捉到了一抹忧伤的神情;我的心一下子乱了。因为,您知道,我是一个善良的人。大家请她弹钢琴。她弹了一曲肖邦的小夜曲:我从来没有听过这么优美动人的曲子。我仿佛感觉到爱丽丝的手指,她那刚刚摘去戒指的细长白皙的手指从我耳边天使般地轻抚过。

她弹完后,我想都没想就本能地将她带回她的座位,坐在了她身旁。闻着她胸前散发出的幽香,我闭上了眼睛。她问我是否喜欢音乐;她的声音令我浑身战栗。我睁开眼睛,看到她正看着我;这一看,我完蛋了。

"是,先生。"我慌乱中回答说……

此时地上没有裂开一道缝可以让我钻进去,因为自然对男人最迫切的愿望是无动于衷的。

一整夜,我都在房间里叫自己傻瓜、笨蛋,用拳头捶自己的脸。到了早上,思量许久我还是不能原谅自己。我对自己说:"想对一个女人说她很美,说她太美了,说她会从钢琴中弹出叹息、抽泣和热泪,却只会对她说这两个词:'是,先生。'这不仅是失去理智,更是丧失了表达思想的能力。皮埃尔·诺齐埃,你是个废物,找个地方躲起来吧!"

唉!我甚至都无法完全躲起来。我要去上课,吃饭,散步。我尽可能地藏起我的胳膊、腿和脖子。别人还是看得到我,我很痛苦。和我的同学在一起,我至少有办法或挨人拳头或给人拳头;这是一种姿态。但是在我妈妈的朋友那里,我是个可怜虫。我感到了《效仿耶稣》里的训规的良苦用心:

小心翼翼地避免和女人打交道。

"真是金玉良言啊!"我对自己说,"要是我在那个要命的晚上,在她诗情画意般演奏的小夜曲在空中化作阵阵快意的战栗的那个夜晚避开冈斯夫人;要是我避开她,她就不会问我:'您喜欢音乐吗?'我也就不会回答她:'是,先生。'"

这两个词:"是,先生",不断在我耳边回响。这一回忆总是历历在目,或者说,由于一种可怕的意识上的现象,好像时间突然停止了,我永远停留在那句无法弥补的"是,先生"说出的那一瞬间。折磨我的不是悔恨。与我感受到的相比,悔恨不算什么。整整六周,我处在一种郁郁寡欢的状态中,过了六周后,我父母也察觉出我成笨蛋了。

令这种愚蠢雪上加霜的是,我的思想有多大胆,我的举止行为就有多怯懦。一般来说,年轻人的心智相当顽固,而我的却是坚不可摧。我自认为真理在我这边。我一个人的时候相当狂热,富有革命精神。

我独自一人时曾经是多么大胆,多么快活啊! 可是此后我变了很多。现在的我反倒不怎么怕我的同代人。我尽可能地将我自己置身于那些比我聪明和没我聪明的人中间,而且依靠前者的智慧。相反,当我面对自己的时候却不那么确信了……不过,我还是给您讲我十七岁时的故事吧。您可以想象这份腼腆和这种大胆搅和在一起,把我变成了一个荒唐的人。

我跟您讲的那件可怕的事过了六个月后,因为我的修辞学结业成绩出色,我父亲把我送到乡下度假。他把我交给了他的一个最朴实却最高贵的同行,一个在圣帕特里斯行医的老乡村医生。

我去了那里。圣帕特里斯是诺曼底海边的一个小村子,背靠一座森林,沿着村子可以缓缓下到一个夹在两个悬崖之间的沙滩。这个沙滩当时还处于原始状态,荒无人烟。我第一次看到的大海,还有宁静的森林透出的无比温馨让我心旷神怡。阵阵浪潮和摇曳的树叶和谐地伴着我内心的波涛起伏。我在森林中骑马奔跑,半裸着身子在沙滩上打滚,内心充满了一种对似乎无处不在但却无处可觅的未知事物的欲望。

我整天一个人待着,无缘无故地落泪;有时感觉自己的内心无比惆怅,感觉自己快要死了。总之,我感到心烦意乱;这世上有可以平息我感受到的焦虑的平静吗?没有。我请用树枝拍打我脸颊的森林作证,请我站在那里看夕阳落到海里的悬崖作证,没有什么能和我当时所遭受的煎熬相提并论,没有什么能和男人最初的梦想相提并论!如果说情人眼里出西施,欲望让它所向往的所有东西变得更加美丽,那么对未知的欲望则美化了整个世界。

尽管我相当敏锐,但却总怀着一种奇怪的天真。若不是一首诗向我揭示了真相的话,也许我会过了好些天都不知道我这种心烦意乱和朦朦胧胧的欲望因何而起。

我从中学时起就喜欢上诗人,我庆幸到现在依然还保留着这一爱好。十七岁时的我酷爱维吉尔,即使我的老师没有和我解释过他的诗,我也一样能懂他。假期里,我的口袋里总是放一本维吉尔的诗集。那是一本布里斯[①]的廉价的英语版维吉尔;我现在还留着它,尽可能地将它珍藏;每次打开它,就会掉出来一些干枯的花朵。这些干花中时间最长的来自圣帕特里斯森林,那个何其幸福又何其不幸的十七岁的我度假的地方。

且说有一天,我独自经过森林边缘,惬意地呼吸着刚被割过的牧草散发的味道,从海上吹来的风将盐粒吹落到我的唇上,我感到一种无法克服的厌倦感,我坐在地上,久久地望着天上的云。

然后,出于习惯,我打开我的维吉尔念了起来:

"那里,那些被无情的爱情折磨得日益憔悴的人们躲进了神秘的林中小路,爱神木森林的树荫向四周

---

① 菲利普·布里斯(1787—1857),教材和古代英语文学出版商。

蔓延……"

"爱神木森林的树荫向四周蔓延……"噢!我知道它,这座爱神木森林;我身上就是那整座森林。但是我之前不知道它的名字。维吉尔刚刚向我揭示了我的病因。多亏了他,我知道我恋爱了。

不过我还不知道我爱的是谁。直到第二年的冬天,当我再次见到冈斯夫人时,我才恍然大悟。您也许比我更敏捷。您已经猜到了,我爱的是爱丽丝。赞叹这一命运的安排吧!我爱的女人正是那个我在她面前丑态百出,因而有可能把我想得糟得不能再糟的人。真是令人绝望。然而那个时候绝望已经无效了;因为它已经被我们的父辈滥用过头,不再管用了。因此我并没做出什么可怕或惊天动地的举止。我没有躲进门拱倒塌的隐修院;我也不到沙漠里去排解忧郁;也没有去呼唤朔风。[①]我只是很痛苦,但却过了中学毕业会考。

我的幸福本身就是残酷的,那就是看着爱丽丝,听着爱丽丝,心里想着:"她是我在这个世上唯一会爱的女人;我是她在世上唯一无法忍受的男人。"当她边看谱子边弹钢琴的时候,我为她翻页,一边看着她飘曳的头发在她雪白的脖子上舞动。但是,为了不让自己冒险对她再

---

① 此处影射法国浪漫主义作家夏多布里昂的小说《勒内》。

说一次"是,先生",我发愿不再和她说话。不久我的生活发生了变化,爱丽丝从我的视线中消失了,但我一直没有破戒。

今年夏天,在山里,我和冈斯夫人在水边重逢。半个世纪的岁月改变了曾经唤起我最初也是最美好的意乱情迷的美貌。不过她虽然美貌不再,但风韵犹存。已经满头灰发的我破了少年时期的戒:

"您好,夫人。"我对冈斯夫人说。

唉!这一回,年少时曾感到的那种激动既没有让我眼神慌乱,也没有让我声音发抖。

她没怎么费劲就认出了我。共同的回忆将我们连在一起,我们通过交谈来互相为我们在宾馆里乏味的生活消愁解闷。

不久,我们之间自然而然地建立起了新的关系,这种关系再牢固不过了:那是共同的劳累和病痛织就的。每天早上,我们坐在一张绿色的椅子上,在太阳底下谈论我们的风湿和哀痛。那是一个谈不完的话题。为了解闷,我们的话题不分今时和往昔。

"您那时真的太美了,"一天我对她说,"夫人,多少人爱慕您啊!"

"的确,"她微笑着回答,"我可以这么说,因为现在我已经是个老女人了;我那时人见人爱。这一回忆安慰着老去的我。我曾经是无数人恭维的对象。不过,要是我告诉您所有这些恭维中最打动我的是哪一个,您一定会很吃惊。"

"愿闻其详。"

"好吧,我告诉您。一天晚上(很久以前了),一个小中学生看到我后紧张得不知所措,在回答我的一个问题时他竟然说:'是,先生!'从来没有一种爱慕之情比这句'是,先生'和说这句话时的神情让我感到如此荣幸和满足。"

十二　影子

我二十岁的时候遇到了一桩奇事。我父亲派我到下曼恩省去处理一件家族事务,我在一个下午从俏丽的埃尔内小城出发,前往距离那儿七里地的地方,去查看一所位于可怜的圣让教区的废弃的房子,那所房子庇护了我父亲的家族二百多年。当时刚进入十二月份。从早上开始一直在下雪。蜿蜒在绿色篱笆之间的道路在好些地方都坑坑洼洼的。我们,也就是我和我的马,艰难地绕开那些泥坑。

不过,在离圣让五六公里的时候,我觉得路没那么难走了,于是,尽管刮起了一阵狂风,雪打在我的脸上,我还是让马跑起来。道路两边的树从我身边掠过,像是沉入夜色中的扭曲而痛苦的影子。这些黑色的树很吓人,树梢被砍了,树干上长满了瘤子,伤痕累累,树枝扭曲着。在下曼恩,人们称之为空心树。因为圣马塞勒-德埃尔内教区的一位牧师头天给我讲的事,我对这些树心生恐惧。牧师告诉我,其中一棵树,一棵博卡杰①残缺的老树,一棵两百多岁、被截去顶枝、像一座塔那样中空的栗树,在一八四九年二月二十四日那天被雷电从上到下劈开。透过树缝,人们看到里面有一个站着的人的骸骨,旁边还有一支步枪和一串念珠。在这个男人脚下找到的一块手表上,刻有克鲁德·诺齐埃的名字。这个克鲁德,我父亲的叔祖,生前是一个走私犯和强盗。一七九四年,他加入了朱安党,在人称"银腿"的特勒通②的团队效劳。身负重伤,被共和派士兵追捕的克鲁德躲进了这棵老树的树洞并死在了里面。他的朋友和敌人都不知道他怎么样了;直到半个世纪后,这位老朱安党人被一道雷击劈了出来。

---

① 法国西部的一个地区。
② 路易·特勒通,曼恩省的保王党军团头领。据记载,他曾经在牧羊时和狼搏斗,被咬掉一条腿,后来用白铁罩子护住伤口,由此得了"银腿"的绰号。

看到路两旁从身边掠过的空心老树,我想到了他,于是我快马加鞭,抓紧赶路。当我到达圣让的时候已经是伸手不见五指了。

我走进客栈,挂着招牌的链条在黑暗中随风发出哀怨的嘎吱嘎吱声。我自己将马牵到马厩,然后走进了低矮的大厅,倒在壁炉旁边一张有靠枕的扶手椅里。就在我这样取暖的时候,借着火光,我看见了客栈女主人的脸。那是一张吓人的老太婆的脸。在她那已经盖了一截黄土的脸上,只看到一个烂鼻子和一双陷在血红色的眼皮下死气沉沉的眼睛。她满腹疑虑地打量着我,像看一个陌生人。为了让她安心,我对她说了我的名字,她应该很熟悉这个名字。但她摇着头回答说诺齐埃家已经没人了。不过她还是愿意为我准备晚饭。她往炉灶里扔了一把柴火就出去了。

我心情忧郁,身子又乏,一种无法言说的焦虑折磨着我。阴森而暴力的画面向我扑来。我迷迷糊糊地睡了一会儿;但是我在半睡半醒中,依然听得到在壁炉灶中风的呜咽声,不时刮来一阵狂风将炉灰吹到我的靴子上。

几分钟后,当我重新睁开眼睛时,我看到了我永生难忘的一幕,我清清楚楚地看见,在房间尽里头,在刷着白石灰的墙上,有一个一动不动的影子;那是一位少女的影子。那个影子的轮廓是那么柔和、清纯和迷人,看到她,我觉得所有的疲倦和忧伤都融化成了一种令人陶醉的爱慕。

我凝视着她,我觉得有一分钟之久;不过也可能我出神的时间要更长或更短,因为我无法衡量到底持续了多久。于是我回过头去看那个投射出如此美丽影子的人。可是房间里空无一人……除了忙着往桌上铺白色桌布的年迈的小酒店老板娘。

我重新往墙上看去:影子不在了。

于是一种类似失恋的痛苦占据了我的心,我为刚刚失去的感到难过。

我十分冷静地思索了一会儿,然后说:

"大妈!"我说,"大妈!刚才是谁在那儿?"

我那位酒店老板娘吃了一惊,她对我说没看见任何人。

我跑向门口。外面大雪纷飞,覆盖了地面,雪地里没有任何足迹。

"大妈!您确定房间里根本没有女人吗?"

她回答说只有她。

"可是那个影子呢?"我喊道。

她不出声了。

于是我按照一种精确物理学的规则,尽可能确定我看到影子所在的位置,我用手指着那个地方说:

"她就在这里,这里,我说……"

老妇人手里拿着一支蜡烛走近我,用她那双可怕的、毫无生气的眼睛盯着我,然后说:

"这下我知道了,"她说,"您没有骗我,您确实是诺齐埃家的。您不会是那位巴黎医生让的儿子吧?我认识他叔叔,勒内小子。他也看到过一个别人都看不到的女人。可以说这是上帝对整个诺齐埃家族的惩罚,这都得怪那个为了面包师的妻子而掉了魂的朱安党人克鲁德。"

"您说的,"我对她说,"是那个骸骨被人在树洞里找到的克鲁德吗,连同一支步枪和一串念珠?"

"我年轻的先生,念珠帮不了他。他是因为爱一个女人甘愿被罚入地狱的。"

老妇人没再跟我多说什么。她端上来的面包、鸡蛋、肥肉和苹果酒我几乎都吃不下。我的眼睛不停地转向我看到影子的那面墙。噢!我看得很清楚!她是那么清秀,炉灶跳动的火光和蜡烛冒烟的火焰自然映射出的影子不可能会如此清晰。

第二天,我参观了克鲁德和勒内生活过的废弃的房子;我跑遍了整个地方,我询问了神父;但是没能打听到任何可以让我了解我所看到的影子姑娘的事。

现在我仍然不知道是否该相信那位老女店主的话。

我不知道在博卡杰寒冷的孤独中是否有某个幽灵在光顾那里的农民,我就来自这些农民,也不知道那个曾经纠缠我那一代又一代野性未驯的神秘祖先的影子是否以一种崭新的优雅姿态现身在他们爱幻想的孩子面前。

究竟是我在圣让的客栈看到了诺齐埃家族熟悉的魔鬼,抑或是,在那个冬天的夜晚,我得知我在这世上将会拥有最好的东西,宽大为怀的自然赋予了我这个最珍贵的礼物——梦想?

苏珊娜篇

苏 珊 娜

一　公鸡

苏珊娜还不知道追求美。在三个月零二十天的时候,她突然热切地投入了对美的追求。

那是在餐厅。由于餐具柜里摆满了釉陶盘子、粗陶瓶子、锡壶和威尼斯小玻璃瓶,这个餐厅给人一种古色古香的假象。这一切都是身为迷恋小玩意儿的巴黎女人——苏珊娜的妈妈布置的。穿着镶花边白裙子的苏珊娜在这些老古董中间显得更加鲜活,看到她,大家都会说:"她真是个崭新的小尤物!"

她对那些老祖宗的餐具以及挂在墙上的色调暗淡的肖像和大铜盘子无动于衷。我很期待,所有这些古董日后能赋予她奇思妙想,在她的头脑里萌生离奇、荒诞和迷人的梦幻。她会拥有自己的幻想。当她的心智准备好了的时候,她会运用这种对细节和风格的美妙想象来美化生活。我会给她讲一些荒诞不经的故事,这些故事不会比别的故事虚假多少,但却美丽动人得多;她会疯狂地爱上这些故事。我希望所有我爱的人心中都有一小粒疯狂的种子。那会令人心情舒畅。眼下,苏珊娜甚至都不冲坐在酒桶上的酒神微笑。在三个月零二十天大的时候,人家可是不苟言笑的。

然而,一天早晨,一个浅灰色的早晨,牵牛花形状各异、千姿百态的星形花朵和爬山虎纠缠在一起,在窗户上攀缘。吃过早饭,妻子和我没话找话地聊着天。这种时刻,时间就像一条静静的河流般流淌。我们似乎看见它在流逝,而我们说的每一句话就像是投入时间长河的一颗小石子。我很肯定当时我们在谈论苏珊娜眼睛的颜色。那是一个永远说不完的话题。

"是深灰色的蓝。"

"带着古金色和洋葱汤的色调。"

"泛着绿光。"

"都对;它们很神奇。"

这时,苏珊娜进来了;她的眼睛此刻和天空的颜色一样,是一种漂亮极了的灰色。她是保姆抱着进来的。如果要附庸上流社会的风雅,应该是由奶妈抱着。但是苏珊娜和拉·封丹的羔羊一样,和所有羔羊一样:她吃妈妈的奶。我知道在这种情况下,在这么出格、有伤大雅的做派中,至少应该有一个不喂奶的奶妈来挽回一下面子。不喂奶的乳母和喂奶的乳母一样要有大大的别针,无边软帽上要有饰带;只是没有奶。奶只关系到孩子,而饰带和别针是给大家看的。当一个母亲喜欢自己哺乳时,她会找一个不喂奶的奶妈来遮羞。

不过苏珊娜的妈妈是个大大咧咧的人,她没有想到这一妙招。

苏珊娜的保姆是一个来自农村的小农妇,她在自己的村子里抚养了七八个小弟弟,一天到晚哼着洛林的方言歌。一次,我们给了她一天时间去巴黎看看;她欢天喜地地回来了:她在那里看到了很漂亮的红皮白萝卜。别的看上去也不难看,但是萝卜却让她赞不绝口:她为此往老家写了封信。这种单纯让她和苏珊娜成为绝配,因为苏珊娜在偌大的世界中好像只注意灯和大肚玻璃瓶。

苏珊娜一出现,餐厅立刻变得欢快起来。我们冲苏珊娜笑,苏珊娜冲我们笑:当人们相爱时总是心有灵犀。母亲伸出柔软的双臂,睡衣的袖子带着夏日清晨的慵懒,顺着她的胳膊滑落。于是苏珊娜从凸纹织物的袖子里直直地伸出她木偶人似的小胳膊。她张开手指,于是我们看到袖口五道粉红色的光束。妈妈的心都醉了,她抱起苏珊娜放在膝盖上,我们三个其乐融融;也许是因为在那一刻,我们什么都没有想。这样的状态是不能持续多久的。苏珊娜向桌子俯过身去,眼睛睁得圆圆的,摆动着她的小胳膊,好像它们是木头做的,因为它们看上去就跟木头似的。她的目光中流露出一种惊讶和赞叹。从她小脸蛋上露出的那种动人又可敬的傻样中,我们看到有某种难以言表的精神层面的东西掠过。

她像一只受伤的小鸟一样叫了一声。

"或许是有别针扎到她了。"她妈妈说。她很注重现实生活,这一点真是万幸。

这些安全别针会在不知不觉中松开,而苏珊娜身上有八个这样的别针!

不,不是别针扎了她,而是对美的热爱刺激了她。

"三个月零二十天就产生了对美的热爱?"

"请您判断一下:她一半身子滑出妈妈的怀抱,在桌上挥动着拳头,肩膀和膝盖一起使劲,又喘又咳,流着口水,竟然抱到了一个盘子。斯特拉斯堡的一位土气的工匠(应该是个纯朴的人;愿他的尸骨安息!)在这个盘子上画了一只红色的公鸡。"

苏珊娜想要拿这只公鸡;不是为了吃,是因为她觉得好看。听了我这番简单的推理,她妈妈回答说:

"你真傻！要是苏珊娜能抓到这只公鸡,她会立刻把它放进嘴里而不是盯着它看。你们这些聪明人真没常识！"

"她肯定会这么做的,"我回答道,"但是,这一点除了说明她所具备的已经为数不少的各种不同功能所依赖的主要器官是嘴以外又能证明什么？她在用眼睛之前先用的是嘴,她做得很对！现在,通过训练变得细腻而敏感的嘴是她可以运用的最好的认知途径。她用嘴是对的。我跟您说吧,您的女儿就是智慧的化身。是的,可能的话她会把公鸡放进嘴里；但是她会把它当作一件美的东西而不是用来吃的东西放进嘴里。请注意,这一习惯,其实每个小孩子身上都有,它在成年人的语言中以修辞的形式延续下来。我们现在就经常说品味一首诗、一幅画、一出歌剧。"

我的这些观点尽管站不住脚,但要是用深奥莫测的用语表达出来的话,可能还是会被哲学界接受。就在我解释这些论调的时候,苏珊娜用拳头拍打着盘子,用指甲去抠它,冲它说话,(她发出的神秘的咿咿呀呀的儿语别提有多动听了!)然后使劲晃动着把它翻转过来。

她抓盘子的时候不怎么灵活,她的动作也不精准。但是,不管多简单的动作,如果不是习惯性的话,是很难做的。您让三个月零二十天的婴儿能有什么习惯呢？想想举起一根小手指需要控制多少神经、骨头和肌肉吧。相比之下,操控托马斯·奥尔登①所有的木偶线只是小菜一碟。敏锐的观察家达尔文,看到幼儿会哭会笑觉得很神奇。他曾写过厚厚的一本书②来解释幼儿们是怎么做到的。我们是冷酷无情的,"我们这些学者",正如左拉先生说的那样。

幸运的是,我不是像左拉先生一样的大学者。我很肤浅。我不在苏珊娜身上做实验。我仅满足于在不惹恼她的前提下观察她。

她用指甲抠着盘子上的公鸡,神情变得困惑起来,想不明白一个东西明明看得见却抓不住。这超出她的智力范围了,其实,一切都超出她的智力。甚至正是这一点让她显得可爱。幼儿们生活在永无休止的奇迹中;在他们眼里什么都是奇迹;这就是为什么他们的眼中透着一种诗意。虽然他们近在咫尺,但却居住在和我们不一样的地方。未知,神圣的未知围绕着他们。

"小傻瓜!"她妈妈说。

"亲爱的朋友,您女儿虽然无知,但并非蛮不讲理。当人们看到一件美的东西,就会想要拥有它。这是一种

---

① 托马斯·奥尔登,英国十九世纪的一个木偶操纵者。
② 指达尔文写的《人和动物身上的情感表达方式》。

天性,在法则的意料之中。贝朗杰①歌中说'看见就是拥有'的波希米亚人是罕见的一类智者。如果所有人都和他们想得一样,就不会有文明了,而我们也会像火星上的居民一样,光着身子,不需要艺术地活着。您和他们的感觉完全不一样;您喜欢那些古老的壁毯,那些树下站着鹤的壁毯,您把家里所有的墙都挂满了。我并不是要责怪您,远非如此。但是请您理解苏珊娜和她的公鸡。"

"我理解她,她就和想要水桶里的月亮的小皮埃尔一样。我们没给他。不过,我的朋友,您可别说她把画上的公鸡当成真的了,因为她从来没见过公鸡。"

"不;她是把幻想当作了现实。艺术家们要对她的这种误会负一定责任。长久以来,他们通过线条和颜色试图模仿事物的形状。那位在象牙薄片上刻下逼真的猛犸象的了不起的洞穴人已经死了几千年了!经过那么多漫长的努力,模仿艺术竟然能迷住一个刚刚三个月零二十天的小生命,这真是个伟大的奇迹!外表!谁能不受它诱惑呢?让我们烦得要命的科学本身,它超过得了表象吗?罗宾教授②在他的显微镜底下看到的是什么?是表象,只是表象。'我们徒劳地因为谎言而激动'③,欧里

---

① 贝朗杰(1780—1857),法国诗人和词曲作者。
② 查理·罗宾(1821—1885),法国生物学家、解剖学家。
③ 欧里庇得斯写的悲剧中乳母对费德尔说的话。

庇得斯说过……"

我就这么侃侃而谈,准备评论欧里庇得斯的诗,我或许可以从中挖掘出卖菜女人的儿子①从来没有想到过的更深刻的含义。不过此刻的场景完全不适合哲学思辨;苏珊娜因为无法把公鸡从盘子上拿下来,生起气来,脸红得像一朵芍药花,鼻孔像卡菲尔人②一样扩张开来,腮帮子鼓到了眼睛上,眉毛一直扬到了额头。她的额头突然变得红红的,上面风起云涌,时而鼓起很多包,时而凹下去,时而布满横七竖八的沟纹,活像一片火山土。她的嘴一直咧到耳边,从牙床中间发出野蛮的吼叫。

"好极了!"我大叫道,"这是激情的爆发!激情,不应该遭受非议。这个世界上所有的伟大都是由激情成就的。此刻,激情的一丝火光乍现让一个幼小的婴儿几乎变得和一个中国小人偶一样吓人。我的女儿,我为您高兴。拥有火热的激情,让它们成长,和它们一起长大。如果将来,您成为它们坚定的主人,它们的力量就会成为您的力量,而它们的伟大就会是您的美丽。激情,是人类全部的精神财富。"

"真吵啊!"苏珊娜的妈妈喊道,"在这间屋子里都听

---

① 传说欧里庇得斯的父亲是一个小酒店老板,母亲是一个蔬菜贩。
② 非洲东南部说班图语的部分居民。

不见说话了,这里有一个胡言乱语的哲学家和一个把一只画出来的公鸡当成我不知道是什么的真东西的婴儿。同丈夫和孩子们一起生活的可怜的女人们真的需要常识!"

"您女儿,"我回答说,"刚刚开始了对美的第一次探寻。这是深渊的诱惑,一位浪漫主义者会这么说;而我则会说,这是高贵的心灵的一次自然演练。不过不应该过早投入,也不应该在条件远远不成熟的情况下进行。亲爱的朋友,您有非凡的魅力来平复苏珊娜的痛苦,哄您的女儿睡觉吧。"

二　淳朴未开的心灵

永恒不变的自然万物
在孩子眼中都是奇迹;
他们诞生在人间,但他们淳朴未开的心灵
绽放在神奇的魔法世界。

魔法之光
映亮了他们的眼眸。
美丽的幻影

早已激发他们微薄的能量。

未知,神圣的未知,
像一汪深水将他们浸润;
催促、劝说都是徒劳:
他们栖息在另一片天地;

他们纯净的双眸,睁大的双眼,
满是离奇的梦幻。
噢! 他们可真美,
这些迷失在古老宇宙的小天使!

他们轻松喜悦的头脑
在梦想,而我们却在思考;
在步步惊颤中
他们把生活探索。

三　星星

苏珊娜今晚满十二个月了,她来到这片古老大地一周年的时间里,已经历不少事。如果一个人用十二年时间发现的东西能够和苏珊娜在这十二个月里发现的同样多、同样有用的话,那他就是一个活神仙。幼儿都是被埋没了的天才;他们以一种超人的能量拥有着世界。没有什么能和这生命最初的萌发、这灵魂的第一枝新芽相媲美。

您能想象这些小生命会看,会触摸,会说话,会观察、比较和回忆吗?您能想象他们会走路,会来来回回吗?您能想象他们会玩游戏吗?会玩游戏这一点尤其神奇,因为游戏是一切艺术的准则。玩偶和歌曲,这几乎就是全部的莎士比亚。

苏珊娜有一个装满了玩具的大筐,其中只有几个是真正的玩具,如白木做的动物和橡胶娃娃。其他的都是阴差阳错地成了玩具的:那是些旧钱包、布片、盒子底,一把尺子,一个剪刀盒,一个暖水袋,一张火车时刻表和一颗小石子。这些东西都被玩得惨不忍睹了。苏珊娜每天都把它们一个一个地从筐子里拿出来给她妈妈。她并不特别留意这些东西中的某一个,她一般也分不清她的这点小财富和其他东西有什么不同。世界在她眼中是一个被切成小块的彩色大玩具。

如果我们相信这一自然观并将苏珊娜的行为和想法与之联系起来的话,那么我们就会欣赏这个小生命的逻辑;可惜的是,我们是根据我们自己的想法而不是她的想法来判断她的。因为她不具备我们那样的理智,我们就断定她没有理智。这是多么不公正!不过我却能够站在一个正确的角度来看问题,凡夫俗子在她身上只看到缺乏连贯性的行为,我发现的是一种持续的恒心。

我这么做并没有夸张;我不是一个爱孩子狂;我承认我女儿并不比其他孩子可爱多少。我在说起她的时候不会夸大其词。我只是对她妈妈说:

"亲爱的朋友,我们有一个很漂亮的小姑娘。"

她差不多像普里姆罗斯夫人[①]回答邻居类似的恭维一样回答我:

"我的朋友,苏珊娜就是上帝造就的样子:相当漂亮,如果她相当善良的话。"

她一边说一边向苏珊娜投去深深的、动人而纯朴的一瞥,不难猜出,在微垂的眼皮下,她的双眸闪烁着自豪和母爱之光。

我坚持说道:"您承认她很漂亮吧。"

但是她有好几个不想承认的理由,因为她自己不会去深究这些理由,所以我更加容易发现它们。

她很想听自己对女儿赞不绝口,夸她漂亮。但如果

---

① 爱尔兰裔英国作家戈德史密斯(1730—1774)的小说《威克菲德的牧师》中的人物。

她自己说出来,她担心会不太合乎礼节,显得不够矜持。她尤其害怕触犯了某种不知道是什么的、看不见的神秘力量,她虽然对这种力量一无所知,却能感觉到它,它躲在暗处,随时准备在婴儿身上惩罚因为自己的孩子而沾沾自喜的妈妈。

有哪一个幸福的人不害怕这个肯定躲在房间窗帘后面的幽灵呢?有谁,在夜晚,当他搂着妻儿的时候,胆敢在看不见的怪兽面前说:"我的宝贝们,我们这份欢乐和美丽还能持续多久?"所以我对妻子说:

"您说得对,亲爱的朋友,您总是对的。幸福在这个小屋檐下栖息。嘘!别出声:不然它会飞走的。雅典的母亲们害怕涅墨西斯①,这位无处不在又从不露面的女神,她们对她一无所知,只知道她代表诸神的嫉妒,涅墨西斯,唉!在'意外事故'这一平常而又神秘的东西中,随时随地可以看到她的旨意。雅典的母亲们!……我喜欢想象这样的场景:她们其中的一位,在喧嚣的蝉鸣声中,在月桂树下,自家祭坛边,哄着她那像小天使一样光着身子的乳儿入睡。"

---

① 希腊神话中的复仇女神。

"我想象她的名字叫丽齐雅,她像您一样害怕涅墨西斯,我的朋友,她也像您一样,不是通过东方式华丽的排场令别的女人感到逊色,而是只想着为她得到的快乐和美丽请求原谅……丽齐雅!丽齐雅!您没在世上留下一点点倩影,没留下您动人的心灵的一丝气息就离开了吗?就像从来没有来到过这世上一样吗?"

苏珊娜的妈妈打断了我心血来潮的思绪。

"我的朋友,您为什么这么说这个女人?她度过了自己的时光,就像我们现在在过我们的日子一样。生活就是这样的。"

"我的朋友,那么您认为昔日不再?"

"当然。我可不像您,对什么都感到新鲜,我的朋友。"

她说这些话的时候语气很平静,一边准备苏珊娜睡觉穿的衣服。但是苏珊娜固执地拒绝入睡。

要是在罗马史中,这一拒绝会成为提图斯或苇斯巴芗或亚历山大·塞维鲁①生平中的一段佳话。而苏珊娜的拒绝则受到了责备。这就是人类的裁决!说实话,苏

---

① 提图斯(39—81),苇斯巴芗(9—79),亚历山大·塞维鲁(208—235),这三位都曾是罗马帝国皇帝。

珊娜不想睡觉,并不是关心帝国的命运,而是为了在一个带实心铜把手的大肚子荷兰旧五斗橱的抽屉里翻东西。

她扑到里面;一只手扶着五斗橱,另一只手抓起她的那些帽子、长袖内衣,还有裙子,费劲地把它们扔到自己脚下,一边发出忽高忽低的、轻快的、小野人般的叫声。她那披着一块尖角头巾的后背让人看了又好笑又心疼;她那时不时转向我的小脑袋露出一种更加令人心动的满足的表情。

我忍不住了。我忘记了涅墨西斯,我叫了起来:

"您看哪:她在抽屉里的样子太可爱了!"

她妈妈做了一个俏皮又不安的手势,将一根手指放到我嘴上。随后,她回到遭了殃的抽屉旁边。可是我继续我的思考:

"亲爱的朋友,如果说苏珊娜因为懂得什么而值得称赞的话,那么她的无知同样令人赞叹。正是因为她的无知,她才充满了诗意。"

听了这番话,苏珊娜的妈妈转过头来看着我,似笑非笑,这是嘲讽的表示,然后她大声说道:

"苏珊娜的诗意!您女儿的诗意!可您闺女她只热衷于厨房!那天我发现她在一堆蔬菜果皮壳中间喜笑颜开。您管这叫诗意,您哪?"

"也许吧,亲爱的,也许吧。在她身上整个自然是如此纯洁无瑕,以致在她眼中世上没有什么东西是脏的,即使是果皮筐也一样。所以您那天会发现她在一堆白菜叶、葱头皮和虾尾巴中间着了迷。夫人,那是一种陶醉。我告诉您,她用天使般的力量改造了自然,凡是她看到的东西,她触摸到的东西都为她打上了美的印记。"

在我们说话的时候,苏珊娜离开了她的五斗橱,走到窗户旁。她妈妈跟了过去,把她抱在怀里。夜晚宁静而炎热。一团透亮的光影洒在金合欢花树纤细的树叶上,落在地上的花朵像是给我们的院子铺上了一道道白色。狗在睡觉,爪子伸在狗窝外面。远处的大地染上了一层天蓝色。我们三个都默不作声。

于是,在寂静中,在夜晚庄严的寂静中,苏珊娜使劲举起胳膊,用她的手指头,用她那从未能完全展开的指尖,指向一颗星星。这根手指,小得不可思议,时不时地弯曲一下,像是在召唤什么。

然后苏珊娜就和星星说起话来!

她说的话不是由词语组成的,而是一种晦涩难懂而充满魅力的语言,一曲离奇的歌,是某种温馨而神秘的东西,总之,是被星辰点亮了心灵的婴儿用来表达心声的语言。

"这个小丫头,她真好玩。"她妈妈说,一边亲了亲她。

四　木偶戏

昨天,我带苏珊娜去看木偶戏。我们两个都很开心;这是一种我们俩都能够明白的戏。如果我是剧作家的话,我会去写木偶戏。我不知道自己是否有足够的才华可以成功;至少,这一任务不会太让我发怵。至于为法兰西喜剧院的那些出口成章的漂亮女演员写台词,我永远都不敢。再者,戏剧对我来说,正如那些大人物们认为的那样,是一种复杂透顶的东西。我对精心策划情节一窍不通。我全部的本领只适于描写激情,而我会选择最简单的来写。这对于吉姆纳兹和沃德维勒①或法兰西喜剧院之类的剧院来说都一文不值,但是用在木偶戏上会很棒。

啊!简单而强烈的激情就在木偶戏中。棍子是他们常用的工具。的确,棍子拥有一种很强的喜剧力量。木偶剧也因此具备了一种神奇的威力;剧情朝着"最后滑稽的精彩结局"急速发展。发明木偶戏的里昂人就是这样称呼他们所有保留剧目结局的大混战的。这"滑稽的

---

① 分别是巴黎的两个不同类型的剧院。

精彩结局"是一种永恒而致命的东西!它是八月十日,是热月九日,是滑铁卢!①

我刚才说到我带苏珊娜去看木偶戏。我们看的那出戏有几处可能不尽如人意;特别是我发现有些东西晦涩难懂;不过它还是会博得爱深思的人的欢心的,因为它留下很多思考空间。依我的理解,这是一部哲学剧;人物性格真实,行动有力。我就按照我的理解把它讲给您听。

幕布升起的时候,我们看见吉尼奥尔②本人出现在舞台上。我认出了他;真的是他。他那宽宽的平静的脸上还留有挨过棍子留下的疤痕,他的鼻子被揍扁了,但这并没有改变他目光和微笑中的那份可爱的天真纯朴。

他没有像在一八一五年那样穿着让布罗托剧场过道里的里昂人看了忍俊不禁的哔叽绸布褂,也没有戴他的棉帽子。但是,如果昨天晚上,曾在罗纳河边一起见过吉尼奥尔和拿破仑的小男孩中的某个幸存者在寿终正寝之前来到香榭丽舍,和我们一起坐在剧场里,他一定会认出

---

① 1792年8月10日暴动是法国大革命历史的里程碑事件之一,导致了法国君主制的崩溃。热月九日指1794年7月27日,雅各宾派罗伯斯庇尔政权被推翻。滑铁卢战役结束了拿破仑帝国。
② 法国木偶剧及其主要角色的名称。

他心爱的木偶身上那著名的"婆罗门参"①,就是那条在吉尼奥尔脖子上非常滑稽地来回摆动的小辫子。剩下的戏服是绿色衣服和黑色双角帽,那是巴黎的老传统,它把吉尼奥尔变成了类似仆人的人物。

吉尼奥尔用他的大眼睛看着我们,我立刻被他那放肆的天真神情和内心一目了然的单纯所征服,这种单纯让人觉得犯任何错都是无辜的。那位里昂的穆尔盖②先生异想天开地操控在手中的滑稽的吉尼奥尔就在那儿。我仿佛听到他回答指责他"讲的故事无聊得让人站着都能睡着"的老板说:

"您说得没错:我们去睡吧。"

我们的吉尼奥尔还什么都没有说;他那小辫子在脖子上晃来晃去。大家就已经笑了。

他的儿子格兰加来前来和他会合,潇洒自如地用脑袋使劲撞了一下他父亲的肚子。观众并不因此恼怒;他们反而大笑起来。这样一个开局堪称艺术的顶峰。如果您不知道为什么这一无礼的举动会赢得人心,我来告诉您:因为吉尼奥尔是个仆人,他身上穿的是贵族侍从的号

---

① 菊科下面的一个属,为二年生或多年生草本植物。
② 穆尔盖(1769—1844),法国著名的操纵木偶者,创造了木偶剧主角吉尼奥尔。

衣。他儿子格兰加来穿着罩衫；他不伺候任何人，也一无所长。这一优越性使得他可以粗暴地对待他父亲而不失礼节。

苏珊娜小姐完完全全就是这样理解的，她对格兰加来的友谊丝毫并不因此减少。格兰加来的确是个可亲的人物。他人很瘦弱，但满脑子主意。是他痛打了警察。六岁的苏珊娜已经对权力机关的代表有了自己的看法：她反对他们，当潘道尔吃棍子的时候她笑了。或许她不应该这样。不过，我承认，如果她不这样的话我会不高兴的。我喜欢在每一个年龄，人们都有一点反抗精神。和您说话的是一个平和的公民，尊重权力机构，严格遵纪守法；但是，如果有人在他面前捉弄一个警察、一个专区区长或一个乡村警察，他会第一个笑出来。不过还是回到我们刚才说的吉尼奥尔和格兰加来之间的那场争执上面来吧。

苏珊娜认为格兰加来有理。我认为吉尼奥尔有理。您听我说，然后请您来判断一下：吉尼奥尔和格兰加来走了很久赶去一个神秘的村子，那村子是他们两个发现的，而要是有人知道有这么一个地方，那么大胆而贪婪之徒就会蜂拥而至。但是这个村子要比睡美人中被隐藏了一百年的城堡还要隐蔽。这其中有某种魔法；那个地方住着一个巫师,留了一笔宝藏,谁要是能够顺利地通过种种考验,谁就能得到它,而那些考验光想想就会吓得人发抖。我们的两位旅行者来到了中魔法的地方,他们各自的打算完全不同。吉尼奥尔乏了;他躺下了。他儿子指责他懒惰。

"难道,"他说,"我们就是这样夺取我们来寻找的宝藏的吗?"

吉尼奥尔回答说:

"有什么宝藏比得上睡觉吗?"

我喜欢这一回答。我在吉尼奥尔身上看到一个深知万事皆空的智者,他盼望休息,就像那是生活中不无罪过或徒劳的折腾过后剩下的唯一财富。但苏珊娜小姐认为他是个笨蛋,睡得不是时候,因为他的过错,他会失去他前来寻找的财富,也许是很大一笔财富:饰带、蛋糕和鲜花。她称赞格兰加来征服神奇宝藏的热情。

我说过,考验很可怕。要对付一只鳄鱼,还要杀死一个魔鬼。我对苏珊娜说:

"苏松①小姐,魔鬼来了!"

她回答说:

"那个,是个黑人!"

---

① 苏珊娜的变体。

这一带着理性主义色彩的回答让我绝望。不过,我知道自己该怎么做,我饶有兴趣地观看了魔鬼和格兰加来的战斗。一场以魔鬼之死而告终的可怕的战斗。格兰加来杀死了魔鬼!

坦率地说,他这件事做得不是最漂亮的,我也明白比苏珊娜小姐更加信奉唯灵论的观众对此冷眼旁观,甚至有点受到惊吓。魔鬼死了,再见罪恶!也许美,这位魔鬼的盟友也会随他而去!也许我们再也看不到令人沉醉的鲜花和看一眼就会死的眼睛了!那么我们在这世上会变成什么样呢?我们还会有追求美德的动力吗?我很怀疑。格兰加来没有充分考虑到恶之于善是必要的,正如阴影之于光一样;美德存在于努力之中,如果没有魔鬼需要打败,那些圣人就会和罪人一样无所事事了。大家会了无生趣。我跟您说,格兰加来杀死魔鬼是一种非常莽撞的行为。

驼背木偶出来向观众致意,幕布落下,小男孩和小女孩们走了,而我则陷入了沉思。苏松小姐见我若有所思,以为我在难过。她通常都认为在想事情的人都是些不幸的人。她带着一种贴心的怜悯拉起我的手,问我为什么伤心。

我向她承认说我很生气格兰加来杀死了魔鬼。

于是她用两条小胳膊搂住我的脖子,把嘴唇靠近我耳边说：

"我告诉你一件事：格兰加来杀死了那个黑人，但是没有真的杀死。"

这句话给了我定心丸；我对自己说魔鬼没有死，然后我们高高兴兴地走了。

苏珊娜的小伙伴们

一　安德烈

您已经认识特雷维耶尔医生了。您记得他那开朗发亮的宽脸庞和漂亮的蓝眼睛。他拥有一位了不起的外科大夫的本领和心灵。人们对他的处变不惊颇为赞赏。一天,他在梯形解剖室做一个大手术,做到一半时,病人虚脱了。体温没有了,血液循环没有了;病人不行了。于是特雷维耶尔抓住他的双臂,胸口对着胸口,用一种摔跤运动员的力气使劲晃动病人血淋淋的残缺的身体。然后重新拿起他的解剖刀,用他一贯的胆大心细继续手术。血液循环恢复了,病人得救了。

脱下手术服,特雷维耶尔就变回天真的老好人。大家喜欢他爽朗的笑声。我刚才提到的手术过去几个月后,他在擦拭手术刀时扎到了自己,当时他没在意,但却因此感染了一种化脓性疾病,过了两天就去世了,时年三十六岁。他留下了心爱的妻子和一个孩子。

每个晴朗的日子,人们总可以看到一位戴孝的年轻女人在布洛涅森林的松树下绣着镂空花边,一边从她的绣针上方注视着一个趴在铲子、独轮车和一个个小土堆中间的小男孩。那女子便是特雷维耶尔夫人。阳光轻抚着她温热苍白的脸,抑制不住的旺盛的生命力和充沛的情感化作芳香,从她时而被压抑的胸口逸出,流露在她那双闪着金光的棕色大眼睛之中。她深情地注视着她的孩子,他则抬起头向她示意他用土做的"肉酱",他的红棕色头发和蓝眼睛跟他父亲一模一样。

他圆滚滚、粉扑扑的;但长着长着就变得又瘦又长,他那长着红色小斑点的脸蛋变得苍白起来。他妈妈很担心。有时,他在森林里和小伙伴们跑着玩的时候,要是他蹭到了她坐着绣花的椅子,她就一把抓住奔跑中的他,一言不发地抬起他的下巴,皱着眉头细细打量那张有点苍白的脸,令人难以察觉地摇摇头,而孩子则接着飞奔起来。夜里,听到一点点动静她就会起来,光着脚站着,俯身看着小床。那些医生们,也就是她丈夫的老同学,都宽慰她。孩子只是体弱。他需要去乡下吃点苦。

于是特雷维耶尔夫人打包行李去了布罗勒,她丈夫的父母是那里的农民。因为您知道,特雷维耶尔是农民的儿子,一直到十二岁时他还在放学回家的路上掏乌鸦的窝。

烟雾缭绕的大厅的小梁上悬挂着火腿,大家就站在火腿下面拥抱。特雷维耶尔妈妈蹲在大大的壁炉的炭火前,手中拿着锅柄,用不信任的目光看着那个巴黎女人和她的保姆。不过,她觉得孩子"非常可爱,长得和他父亲一模一样"。特雷维耶尔老先生穿着粗呢上衣,显得干瘦而挺直,他倒是很高兴见到孙子安德烈。

还没吃完晚饭,安德烈就使劲亲他爷爷,爷爷的下巴扎扎的。然后,他径直爬上老先生的膝盖,用拳头使劲按他的脸颊并问他为什么脸是凹进去的。

"因为我没牙了。"

"为什么你没牙了?"

"因为它们变黑了,我把它们播撒到了犁沟里,想看看它们会不会长出白色的来。"

安德烈开怀大笑。他爷爷的脸颊和他妈妈的脸颊完全不是一回事!

他们为巴黎女人和孩子准备了一间上房,那里有一张婚床,那对善良的人只在上面睡过一次,还有一个带锁的橡木衣柜,里面塞满了衣服。以前给家里孩子睡的小床被从阁楼上取下来给孙子用。小床支在最隐蔽的角落,在一块摆满了果酱罐的搁板下面。特雷维耶尔夫人是个有条不紊的女人,她在嘎吱作响的松木地板上转了三十六个小圈来辨认自己身处何方,结果她失望地发现那里没有衣帽架。

房梁突出的天花板和墙壁刷着白石灰粉。特雷维耶尔夫人不太留意那些给这个漂亮的房间增添欢乐气氛的彩画;不过,她在婚床上方看到一幅版画,上面是身着黑衣白裤、手臂上戴着袖章、手里拿着一支蜡烛的孩子们,他们列队穿行在一座哥特式教堂。她在版画底下看到刻着的几行字,名字、日期和签名都是手填的:"我,署名于下,证明皮埃尔-阿杰诺尔·特雷维耶尔于一八四九年五月十五日在白洛勒教区教堂,完成了他的初领圣体。贡塔尔神父。"

遗孀看完后叹了一口气,那是通情达理而又坚强的女人含着爱的泪水发出的叹息声,那是世上最美丽的财富。被爱的人是不应该死去的。

给安德烈脱完衣服后,她对孩子说:

"好了,祈祷吧。"

孩子喃喃地说:

"妈妈,我爱你。"

说完这句祷告,他垂下脑袋,握紧拳头,安然地入睡了。

他醒来时,发现了一群农场动物。他看见了一群鸡、一头母牛、一匹独眼老马和一头猪,他又惊又喜,心花怒放。那头猪尤其让他开心。这份魅力经久不衰。到了吃饭的时候,大家费很大劲才把他带回来,他身上沾满稻草和粪便,头发上挂着蜘蛛网,高帮鞋里都是粪水,两只小手黑乎乎的,膝盖也蹭破了,脸蛋粉扑扑、笑嘻嘻的,很开心。

"别靠近我,小怪物!"他妈妈冲他喊道。

接着就是没完没了的拥抱。

他坐在饭桌前的小板凳边上,啃着一个巨大的鸡腿,看上去像赫拉克勒斯在吞他的狼牙棒①。

他不知不觉地吃着,想不起来喝水,一边喋喋不休地问他妈妈:

"妈妈,绿色的鸡是什么?"

"那只可能是一只鹦鹉。"巴黎女人过于轻率地回答说。

安德烈就这样被误导了,他管他爷爷的鸭子叫鹦鹉,这下使得从他口中说出来的话变得出奇地难懂。

安德烈可不那么好糊弄。

---

① 古希腊神话中赫拉克勒斯拿着一张弓和一根狼牙棒。

"妈妈,你知道爷爷跟我说什么吗?他说蛋是母鸡做①的。但我知道不是的。我很清楚蛋是讷伊大街的水果商做的;然后被送到母鸡身旁焐热。不然的话,妈妈,你要母鸡怎么做蛋,它们没长手啊?"

安德烈继续探索着大自然。和他妈妈一起在森林散步时,他体会到鲁滨孙·克鲁索经历过的种种兴奋和激动。一天,当特雷维耶尔夫人坐在路边的一棵橡树下,绣着她的镂空花边的时候,安德烈发现了一只鼹鼠。鼹鼠个儿很大,已经断气了,嘴边甚至还有血迹。他妈妈冲他喊道:

"安德烈,你能不能别管这些可怕的东西……看,快看那儿,树上。"

于是他看到一只松鼠在树枝间跳动。他妈妈是对的:一只活的松鼠要比一只死了的鼹鼠好看。

不过松鼠跑得太快了,安德烈正寻思它是否长了翅膀,一个面庞阳刚而坦率、蓄着漂亮的棕色须髯的路人摘下他的草帽,在特雷维耶尔夫人面前停了下来。

"您好,夫人;别来无恙?真是人生何处不相逢!这是您的小家伙吗?他好乖。我听说您住在这里,在特雷

---

① 法语中"下蛋"用的动词和"做"是同一个词(faire),小孩误以为是做蛋。

维耶尔老爹家……请原谅。我很久以前就认识他了!"

"我们来这儿是因为我儿子需要呼吸新鲜空气。不过,先生,我记得我丈夫还在世的时候您就在这附近住。"

听到年轻寡妇的声音低了下来,他换了一种沉重的语气:

"我知道,夫人。"

他非常自然地微微低头,好像顺便向伤痛的回忆致哀。

接着,沉默了一会儿之后,他说:

"那时候多好啊!那时有那么多好人,现在都走了!我可怜的风景画家!我可怜的米勒①!不过这也无妨,我现在依然是画家之友,在巴比松②那边,他们都这么称呼我。他们我都认识,都是些和善的人。"

"那您的工厂呢?"

"我的工厂?自个儿运转着。"

安德烈跑来扑到他们中间。

"妈妈!妈妈!一块大石头底下有很多瓢虫③,至少

---

① 米勒(1814—1875),法国画家,巴比松画派代表人物。
② 法国城镇,位于塞纳-马恩省,法国十九世纪风景画家偏爱的聚集地。
③ 在法语中,瓢虫的字面意思是"属于上帝的虫子",这就是为什么下文孩子问起上帝的虫子。

有一百万只,真的!"

"闭嘴,去玩吧。"他妈妈冷冷地回答他。

画家之友用他温暖动听的声音接着说:

"见到您真的很高兴!朋友们经常向我打听美丽的特雷维耶尔夫人怎么样了。我会告诉他们她还是那个美丽的特雷维耶尔夫人,而且比任何时候都要美丽。再见,夫人。"

"日安,拉萨尔先生。"

安德烈这时又出现了。

"妈妈,是不是并非所有的虫子都是上帝的?有没有虫子是魔鬼的?妈妈?你怎么不回答我……为什么?"

他拽了拽她的裙子。于是她训起他来。

"安德烈,我在跟别人说话时不应该打断我。听到没有?"

"为什么?"

"因为那样不礼貌。"

安德烈流了几滴眼泪,但最终在亲吻中化成了微笑。这又是美好的一天。田野上方是湿润的天空,在几缕阳光的照射下显得忧郁又充满魅力。

几天后,在一个大雨倾盆的日子,拉萨尔先生穿着高高的靴子来拜访年轻的寡妇。

"您好,夫人。特雷维耶尔老爹,您老身子骨硬朗得很吧?……"

"胃口还好,腿没用了。"

"您呢,大妈?还是钻在锅里吗?您在尝汤吗?她可做得一手好菜。"

这些热络的话让老太太露出了微笑,一双眸子在皱纹密布的脸上闪闪发光。

他把安德烈抱在膝盖上,捏了捏他的脸蛋。但是孩子猛地挣脱,跑去骑到了他爷爷的腿上。

"你是马。我是马车夫。吁!快点,再快点!……"

在这次拜访中,寡妇和来访者说了不到四句话,但是他们四目交汇时几度碰出火花,就像夏天炎热的夜晚天地间迸发出的闪电。

"爸爸,您很了解这位先生吗?"少妇漫不经心地问道。

"在他光屁股的时候我就认识他了。这里的人有谁不认识他父亲?他们家是很正直的好人,又坦率又真诚。他们有钱。菲利普先生……(我们叫他菲利普先生)的工厂雇用了不下六十个人。"

安德烈觉得是时候表达自己的意见了:

"那位先生,他很丑。"他说。

他妈妈生气地对他说,如果他开口只是为了说蠢话,那他最好闭嘴。

从那以后,偶然的安排让特雷维耶尔夫人在路边的每一个转角都遇到拉萨尔先生。

她变得坐立不安,心不在焉,若有所思。听到树叶丛中的风声就会颤抖。她忘记接着绣她的镂空花边,经常用手心托着下巴。

一个秋天的夜晚,一场来自海上的大风暴,带着长长的呼啸声掠过特雷维耶尔老爹的房屋和整个地区,年轻的女人忙着打发了正在生火的保姆并安顿安德烈入睡。在她给他脱下羊毛袜,用双手摸着他冰冷的小脚时,他听到低吼的风声和打在玻璃窗上的叮叮当当的雨声,于是就用胳膊搂住俯着身子的妈妈的脖子。

"妈妈,"他说,"我怕。"

她吻了他一下说:

"别怕;睡吧,亲爱的。"

然后她坐到火堆旁念起一封信来。

看着看着,她的脸颊泛起了红晕;一股热气从胸口涌了上来。看完信后,她瘫软在椅子里,双手无力,内心迷失在梦幻中。她想:

"他爱我;他多好啊,多么真诚,多么正直!一个人的时候,冬天的夜晚真的很难熬。他对我是那么体贴入微!毫无疑问,他很有勇气。光看他向我求婚的方式就足以证明这一点。"

这时,她的目光落到了那幅初领圣体的版画上:"我,署名于下,证明皮埃尔-阿杰诺尔·特雷维耶尔……"

她垂下双眼,然后又重新思考起来。

"一个女人自己无法很好地抚养一个男孩……安德烈需要一个父亲。"

"妈妈!"

从小床上发出来的这一声叫唤惊得她打了一个冷战。

"安德烈,你要干什么?今天晚上你真不安生!"

"妈妈,我在想一件事。"

"你不睡觉……想什么呢?"

"爸爸死了,对吧?"

"是,我可怜的孩子。"

"那他就不会回来了?"

"唉!不会了,我亲爱的。"

"好吧,妈妈,不过这样也挺好的。因为我那么爱你,你看,妈妈!我那么爱你,像爱你们两个人一样爱你。所以要是他回来了,我就完全没法再爱他了。"

她忧心忡忡地看了他一会儿,然后重新倒在椅子里,一动不动地待着,双手捂着头。

孩子在风暴声中睡着两个多小时后,她走近他身边,低声叹息道:

"睡吧!他不会回来了。"

然而,两个月后他还是回来了。他是以拉萨尔先生那张风吹日晒的胖脸的面目回来的,成了房子的新主人。于是小安德烈又开始发黄,变瘦,憔悴。

现在他康复了。他如今像之前爱他妈妈一样爱他的保姆。殊不知他的保姆已经有了心上人。

二　皮埃尔

"您的小男孩几岁了,夫人?"

每当有人问这个问题,她就像看挂钟上的时间一样看看他的小男孩,然后回答:

"皮埃尔!他有二十九个月了,夫人。"

这和说他两岁半一样;但是,因为小皮埃尔聪明过人,而且会许多相对于他的年龄来说十分了得的事,她担心要是把他说得比实际年龄大一点的话,他就显得不那么神了,其他妈妈们也就不会那么嫉妒了。她之所以连给皮埃尔的年龄多算一天也不愿意还有另外一个原因。

啊！那是因为她不想他长大，希望他永远是个婴儿。她很清楚，他越长大就会越不属于她。她感觉到他渐行渐远。唉！这些忘恩负义的小子，他们尽想着摆脱！他们的出生就是第一次分离。所以，即使是妈妈也无济于事，她们只有一个怀抱和一双手臂来挽留他们。

因为这些缘故，皮埃尔成了只有二十九个月大的孩子。这是个美好的年龄，它令我肃然起敬；我有好几个这个年龄的朋友，他们的举止行为在我看来无可挑剔。但是这些小朋友中没有一个拥有和皮埃尔一样丰富的想象力。皮埃尔能轻而易举又有点随心所欲地把不同的画面组合在一起。

他能想起某些很久以前的印象。他能认出一个多月没见了的脸。他在别人给他的彩色图片中发现无数令他着迷又使他不安的独特之处。当他翻弄一本被自己撕掉一半、但却很喜欢的图画书时，他的双颊就会泛起点点红斑，眼睛闪闪发亮。

他妈妈害怕这种脸色和这种眼神；她担心看得太多会累坏还这么小、这么弱的脑袋；她担心他发烧，担心一切。她害怕给自己引以为傲的孩子带来不幸。她几乎情愿自己的小男孩和她每天见到的面包师的孩子一样，待在面包铺的门口，长着一张大饼脸和一双无神的蓝眼睛，嘴巴陷在腮帮子底下，透着傻呵呵的健康。

至少那个孩子不会让人担心！而皮埃尔每时每刻脸色都在变幻；他的小手滚烫，在摇篮里睡觉也不安稳。

医生也不喜欢我们的小朋友看图片。他嘱咐要让他静下心来，不要多想。

他说：

"就像养一条小狗一样养他。这并不难。"

这一点，他错了；恰恰相反，这很难。医生对一个二十九个月的小男孩的心理一无所知。再说，那位大夫能确定小狗都是不动脑子，安静地长大的吗？我就知道有一条六个星期左右大的小狗，整夜整夜地做梦，睡梦中一会儿笑一会儿哭，切换速度快得让人难以忍受。我的房间因此充满了最混乱的感情的表白。这难道叫安静吗？

不是的！那个小动物和皮埃尔一样：它日渐消瘦。不过它还是活下来了。皮埃尔也一样，一个丰富的生命在他身上萌发。他身体各个器官并无大碍，只不过大家希望他别那么瘦，别那么苍白。

巴黎不适合这个小巴黎人。并非他在巴黎不开心。相反，他乐此不疲；他被太多的形状、颜色和人来人往所吸引；他要感受和明白的东西太多了；他疲于应付。

七月份的时候，他妈妈带着苍白瘦弱的皮埃尔去了瑞士的一个小地方，在那里只有山坡上的冷杉、青草和山谷里的牛群。

他们在广袤而宁静的大自然乳母的怀抱中休养了三个月,这三个月满是如画的风景,他们吃掉了很多麦麸面包。十月初他们回来的时候,我见到了一个崭新的小皮埃尔,一个重生的皮埃尔;小皮埃尔肤色变深了,晒黑了,烤熟了,几乎成了一个胖脸蛋的婴儿,双手黑黑的,嗓门大大的,笑声朗朗的。

"你们看我的皮埃尔,他真丑,"他妈妈开心地说,"他的肤色像个二十九苏买来的娃娃!"

可惜,这肤色没能持续。小婴儿重新变得苍白起来,他烦躁不安,弱不禁风,伴着某种异乎寻常、过分敏锐的反应。巴黎又开始影响他了。我是说精神上的巴黎,它无处可觅又无处不在,唤起兴趣和智慧,拨动人的心弦,让人绞尽脑汁,即使对一个幼儿也一样。

于是皮埃尔一看到图片,脸色就又开始一阵红一阵白了。到了十二月末,我发现他躁动不安,眼睛显得出奇地大,小手变得干瘪。他睡不好,也不想吃东西。

大夫说:

"他没事;让他吃东西。"

可是办法呢?他可怜的妈妈什么都试过了,都不管用。她常常为此落泪,但皮埃尔就是不吃东西。

圣诞夜为皮埃尔带来很多木偶、马和玩具兵。第二天早上,穿着晨衣的妈妈站在壁炉前,垂着双手,不信任地看着那些玩具怪模怪样的脸。

"这又会刺激他!"她自言自语道,"太多了!"

于是,因为担心弄醒皮埃尔,她轻手轻脚地把她觉得样子很凶的木偶以及那些让她害怕的士兵拿掉,因为她觉得这些玩具兵以后会撺掇她儿子去打仗;就连那匹红色的好马也拿走了,随后她踮着脚尖,把所有这些玩具都藏到了衣柜里。

她在壁炉中只留了一个白木的盒子,那是一个可怜人送的礼物,三十九苏买的一个羊舍。然后她在小床边坐下来,看着儿子睡觉。她是个女人,想起自己那善意的欺瞒,忍不住笑了。但是,一看到孩子发青的眼皮,她又开始担心:

"这孩子,没法让他吃东西真是要命!"

皮埃尔刚穿上衣服就打开了那个盒子,他看见里面的羊、牛、马,还有树,一些皱叶树。确切地说,这不是一个羊舍,而是一个农庄。

他看见了农夫和农妇。农夫拿着一把长柄镰刀,农妇拿着一个耙子。他们要去牧场上割牧草;但他们看起来不像在走路。农妇头戴一顶草帽,身穿一条红裙子。皮埃尔亲了她几下,弄花了自己的脸。他看到了房子:房子那么小,那么矮,农妇都没法在里面站着;不过这所房子有扇门,皮埃尔是从那扇门辨认出房子的。

这些彩色的小人是怎么映入这个小男孩懵懂而纯真的眼睛的呢?没人知道,但这是一种魔法。他把这些小人攥在他的小拳头里,手都被粘住了;然后把它们一一立在他的小桌子上,激动地叫着它们的名字:"达达!嘟嘟!木木!"他从这些奇怪的绿树中间,掀起一棵树干光滑笔直、刨花做的树叶呈锥形的树,喊道:"松树!"

这下他妈妈受到了启发。要是换作她自己是发现不了这一点的。不过,一棵绿色的树,笔直的树干上有呈锥形的树叶,那肯定就是冷杉啊。可是皮埃尔跟她说了,她才察觉到这一点:

"天使!"

她使劲地抱他亲他,以致那间羊舍倒了四分之三。

皮埃尔发现盒子里的树很像他曾在那个空气清新的山里看到的树。

他还看到了他妈妈看不到的其他东西。所有这些着色的小木块在他身上唤起了动人的画面。他通过它们重温了阿尔卑斯山的自然风光;他再一次回到了曾经慷慨地哺育了他的瑞士。这些印象一个接一个组合起来,于是他想到了吃,就说:

"我要牛奶和面包。"

他又吃又喝,胃口上来了。他吃晚饭时的胃口跟吃早餐时一样。第二天,看到羊舍时,他又觉得饿了。拥有想象力是多么神奇啊!十五天后,他变成了一个胖小子。他妈妈喜不自胜。她说:

"你们看看:这腮帮子!真是个十三苏一个的娃娃。拜那个可怜的×先生的羊舍所赐。"

三 杰茜

在伦敦,伊丽莎白统治时期,有一个叫保格的学者,因为以保居斯的名字写了一部叫《人类的谬误》的论著而非常有名,不过没人知道这本书。

保居斯辛苦了二十五年还什么都没出版过;但是他那誊清后排在刻字蜡版上、放在一个窗洞里的手稿,却不下十卷对开本。第一卷论述的是出生的错误,它是一切谬误的起源。接下来的几册分别是小男孩和小女孩的错误、少年的错误、成熟男人和老人的错误,以及各行各业的人的错误,比如政治家、商人、士兵、厨师、政论家,等等。尚不完善的最后几卷,涵盖的是共和国的错误,它们来自个人的错误和职业的错误。这就是这部杰作各观点之间的连接方式,如果去掉其中一页,那么等于毁了其余部分。论证环环相扣,当然最后证明得出的结论是人之初,性本恶。而且,如果生命可以量化,那么,我们可以用一种数学般的精确证明世界上有多少生命就有多少恶。

保居斯没有犯结婚的错误。他独自和一位名叫卡特,即卡特琳娜的年老的女管家蜗居在一个小屋里,他管她叫克洛桑蒂娜,因为她来自南安普敦。

这位哲人的妹妹可不像她哥哥一样头脑卓尔不凡,她一错再错,先是爱上了老城的一位呢绒商,接着嫁给了他,然后生下了一个叫杰茜的小女孩。

她最后的错误是结婚十年后就死了,害得没有她就活不下去的呢绒商也死了。保居斯把孤女领回家,一则出于怜悯,二则希望她可以为他提供小孩子犯错误的范例。

那时她六岁。来到博士家的头八天,她只哭不说话。到了第九天早上,她对保格说:

"我看见妈妈了;她浑身都是白的;她的一道裙褶里有花;她把这些花撒到了我的床上,可是我今天早上没找到花。把它们给我,行吗? 妈妈的花。"

保格记下这一谬误,不过,他在评论中承认这是个无辜的错,而且在某种程度上是个美丽的错。

这件事过后不久,杰茜对保格说:

"保格舅舅,你又老又丑;不过我很喜欢你,你真的应该爱我。"

保格拿起他的笔;但是,聚精会神地想了一会儿后,他承认自己看起来不怎么年轻,也从来没有好看过。他没有记下孩子的话,只是说:

"为什么要爱你,杰茜?"

"因为我小啊。"

"难道真的,"保格寻思道,"真的应该爱小孩子吗?可能吧;因为,实际上,他们很需要有人爱。出于这一点,母亲们犯下的给孩子喂奶和爱孩子的共同错误情有可原。这是我接下来要写的论著中的一个章节。"

在他的圣名瞻礼日的早晨,博士走进放着书和纸、被他称作书房的屋子时,闻到一股香味,他看见他的窗沿上放着一盆石竹。

那是三朵花,三朵鲜红的花,阳光欢快地轻抚着它们。学究气的屋子里的一切都透着喜气:绒绣的老扶手椅,胡桃木桌子,古老的书脊在它们浅黄褐色的牛皮、羊皮纸和猪皮中绽开笑容。干瘪得和这些书一样的保居斯也像它们一样露出微笑。杰茜拥抱着他说:

"你看,保格舅舅,你看:这里,是天(她隔着镶有铅条的玻璃窗指着空气中的淡蓝色);然后,再往下,是地,开花的地(她指着那盆石竹);然后,下面,那些大本的黑色的书,是地狱。"

那些大本的黑色的书正是摆放在窗洞里的十卷《人

类的谬误》。杰茜的这一谬误让博士想起了他的著作,因为要带着小外甥女去街头和公园散步,他已经疏忽了一段日子了。孩子总是发现无数可爱的事物,与此同时也让几乎足不出户的保居斯发现这些东西。他重新打开手稿,但却无法平静,茫然不知所措,那里既没有花也没有杰茜。

幸运的是,哲学来帮忙了,向他提示了一个高明的想法,那就是杰茜一无是处。他紧紧抓住这一真理,尤其因为这是他作品整体的需要。

一天,他正就这个问题沉思,发现杰茜在书房里,在摆着石竹的窗前穿针。他问她要缝什么。

杰茜回答说:

"你不知道吗,保格舅舅,燕子都飞走了。"

保居斯什么也不知道,这种事既没写在老普林尼[①]的书中,也不在阿维森纳[②]的书中。杰茜接着说:

"是卡特昨天告诉我的……"

"卡特?"保居斯喊道,"这个孩子竟然这么称呼令人尊敬的克洛桑蒂娜!"

"卡特昨天对我说:'今年燕子离开得比往常早;这

---

① 老普林尼(23—79),古罗马作家、博物学家,著有《博物志》。
② 阿维森纳(980—1037),中世纪波斯哲学家、医学家和自然科学家。

就是向我们预示今年的冬天会来得早而且会很冷。'卡特就是这么跟我说的。还有,我看见妈妈穿着白裙子,头发中有一束光;只是这回不像上次那样,没有花。她对我说:'杰茜,你得把你保格舅舅的有衬里的宽袖长外套从箱子里拿出来,要是破了的话你就给补一补。'然后我就醒了,一起床我就把那件宽袖长外套从箱子里拿出来,因为有好几个地方都裂开了,我要缝上。"

冬天来了,恰如燕子们预示的那样。保居斯穿着他的宽袖长外套,脚烤着火,试图修改他那部论著中的一些章节。可是,每当他好不容易把他的新体验和恶的普遍性理论调和成功的时候,杰茜总是跑来打乱他的思路,要不她就端来一罐好喝的麦芽酒,要不就冲他眨眼睛和微笑。

夏天再次到来的时候,舅舅和外甥女漫步在田野中。杰茜从野外带回一些草,保居斯把草的名字告诉她,到了晚上,杰茜将它们按特点一一分类。在散步中,她表现出一种很强的判断力,展示出一颗可爱的心灵。有一天,她一边把白天采回来的草摊在桌子上,一边对保居斯说:

"现在,保格舅舅,我已经记得你指给我看的所有植物的名称了。这些是用来治愈的,这些是用来减轻病痛的。我想把它们保存起来,好经常辨认,也可以让别人认识它们。我需要一本厚厚的书把它们放到里面晾干。"

"就用这本吧。"保格说。

他向她指了指那部《人类的谬误》论著的第一卷。

当那卷书的每一页都被夹满后,就用下一卷,就这样,过了三个夏天,博士的杰作完全变成了一部植物标本集。

苏珊娜的藏书

一 致 D××夫人

巴黎,188×年 12 月 15 日

新年的第一天来到了。这是一个馈赠礼物和祝福的日子,孩子们收获最丰。这很自然。他们很需要有人爱。再说,他们的可爱之处,就是他们一贫如洗。即使是生在富丽堂皇之家的孩子,他们所拥有的也只是别人给他们的东西。此外,他们不会礼尚往来;这就是送他们礼物的乐趣所在。

没有什么比为他们挑选合适的玩具和书籍更有意思的了。有朝一日,我会就玩具话题写一篇哲学随笔。这个主题一直很吸引我,但是如果没有长时间的准备,我不敢触碰。

今天,我就只谈谈用来重塑童年的书,因您的真心相邀,我就向夫人呈上自己对此的一点思考,请您不吝赐教。

首先有一个疑问。是否应该优先给孩子们看专门为他们写的书?

要回答这个问题,经验足矣。要注意的是,孩子们大多数时候都讨厌看那些为他们量身定制的书。这种反感太好解释了。从一开始,他们就感到作者千方百计想进入他们的圈子,而不是把他们带到作者的世界中,因此,跟着这样的作者,他们找不到人类心灵在任何年纪都渴求的那种新鲜和未知。这些小孩子早已被造就学者和诗人的好奇心缠身。他们想要别人向他们揭示宇宙,神秘的宇宙。一个让他们自我反省,将他们拘泥于对自身孩子气的孤芳自赏中的作者会令他们感到无比厌倦,难以忍受。

不幸的是,当人们声称为孩子们工作的时候,他们一门心思做的就是这样的事。大家都想把自己变得像小孩子,于是就变成了既不天真又不可爱的孩子。我想到一本别人好心好意送我的、名为《着火的中学》的书。我当时虽然只有七岁,却知道那是一部拙劣的作品。如果再让我看一本《着火的中学》的话,那我就会讨厌书的,而我本来酷爱读书。

"可是,"也许您会对我说,"总得和孩子们的智力水平相当,让他们看得懂吧。"

也许吧,但是装傻充愣,配上傻呵呵的口吻,索然无味地说些苍白无力的东西,舍去一切在成年人眼里有魅力和令人心悦诚服的东西,这些通常的做法是难以成功的。

要让孩子看得懂,没有什么比得上一个伟大的天才。小男孩和小女孩最喜爱的作品是那些充满了伟大创举的高尚的作品。这些作品风格遒劲,意义充实,各个部分布局巧妙,构成一个清晰的整体。

我曾多次让一些很小的孩子读《奥德赛》中的几个章节,这些章节选自很好的译本。孩子们爱不释手。经过大幅删节的《堂吉诃德》是一颗十二岁的心灵能投入的最愉快的阅读。至于我,一到会读书的年纪,我就看了塞万提斯的这本精彩的书,我太喜欢这本书了,它强烈地感染了我,我至今依然保留着的快乐性情大多是拜这一阅读所赐。

一个世纪以来,《鲁滨孙飘流记》这部书成了经典的童年阅读作品,而它本身在当时是写给严肃的人看的,为伦敦老城区的商人和女王陛下的水手们而写。作者将自己全部的技艺、正确的思维,以及他广博的知识面和丰富的经验都倾注在这部作品中。而这只不过是逗小学生开心所必不可少的。

我列举的杰作中都包含着起伏跌宕的故事和人物。世上再好的书,如果用抽象的方式来表达思想,那么对于孩子来说也是毫无意义的。抽象化和理解抽象的功能在人类身上发展得较迟,而且也不均衡。我六年级的老师,我不是要责备他,他并非罗兰①,也不是罗蒙②,他让我们在假期读马西戎③的《小封斋布道》④来消遣。我六年级的老师跟我们这么说,是为了让我们相信他就是读这本书来消遣的,想以此把我们都镇住。一个孩子要是能被《小封斋布道》打动,那他就是个怪物。再说,我相信任何一个年龄的人都不会从这样的作品中找到乐趣。

当您给孩子写东西的时候,千万不要刻意为之。用心去想,用心去写。在您的故事中,一切都要生动、宏伟、壮观、强烈。这是博得读者芳心的唯一秘诀。

---

① 查理·罗兰(1661—1741),法国教育家和作家。
② 罗蒙教士(1727—1794),法国人文学者、教育家、语法学家。
③ 马西戎(1663—1742),法国布道者,法兰西学院院士,著有封斋期连续讲道。
④ 指收集了马西戎于1718年给年轻的路易十五布道时讲的十大训言的一个集子。

本来说完这一点，我就没别的要说了，但是，二十年来，在我们法国，我相信在全世界都一样，大家认为只应该给孩子们看科学方面的书，担心诗歌会弄坏他们的脑子。

这一观念在公众头脑里如此根深蒂固，以致现如今重印佩罗①只是为艺术家和珍本收藏家所用。比如，您看看佩兰和勒麦尔②出的版本。它们都是山羊皮烫金的精装本，进了收藏爱好者的图书馆。

另一方面，在给孩子们的礼物书的插图目录上，为了吸引孩子的眼球，印着一些螃蟹、蜘蛛、毛毛虫的洞穴和煤气装置。这是让人不想当小孩啊。每年年底，那些科普文章像大西洋的浪潮一样不计其数，铺天盖地涌来，将我们和我们的家人淹没其中。我们什么也看不见了，被淹没了。再也没有美丽的形式、高贵的思想，再也没有艺术、品味，没有一点人性的东西，只剩下化学反应和生理状态。

昨天竟有人向我展示了《工业奇迹字母表》！

再过十年，我们都要成电工了。

路易·菲吉耶先生③，说来也算是个正直的人，一想

---

① 夏尔·佩罗(1628—1703)，法国作家和文学理论家，著有童话故事，以其童话集《鹅妈妈的故事》闻名。
② 佩兰和勒麦尔是法国两家出版商。
③ 路易-纪尧姆·菲吉耶(1819—1894)，法国科普作家，于1874年出版了《科学、工业和艺术的伟大的现代发明》，是一部写给小学生的读物。

191

到法兰西的小男孩和小女孩们现在还知道《驴皮公主》,就不像往常一样沉得住气了。他特意写了一篇前言告诉家长,让他们没收孩子们手中的《佩罗童话故事》,代之以他的朋友路德维居·菲居博士的作品。"让娜小姐,给我合上这本书,把您觉得很可爱、让您掉眼泪的'青鸟,天空的颜色'放一边,赶紧学习一下乙醚麻醉。您都七岁了,要是对笑气的麻醉威力还没有自己的看法,那就真的太丢人了!"路易·菲吉耶先生发现仙女是想象出来的人物。所以他不允许人们对孩子们讲她们的故事。他跟孩子们讲没有半点想象成分的鸟粪。——可是,博士,仙女之所以存在恰恰是因为她们是想象出来的啊。她们存在于滋养永远年轻的民间传统诗歌的天真又鲜活的想象力中。

最微不足道的一本书,只要它能唤起一点诗意,启发一种美好的情感,总之,能拨动心弦,那么对于孩子和年轻人,就要远远胜过您的那些塞满了机械概念的书。

小孩子和大孩子都需要童话故事,那些诗体和散文体的美丽故事,需要能让我们哭、让我们笑、让我们如痴如醉的故事。

就在今天,我很高兴地收到了一本名为《魔法世界》的书,里面包含十二个左右的童话故事。

将这些故事汇集在一起的亲切而博学的德·莱斯居尔①先生，在他的前言里说明了魔法和仙境满足了灵魂某种永恒的需求。

"忘记大地，忘记现实，忘记对骄傲的心灵来说十分残酷的失望和屈辱，忘记对敏感者而言痛苦万分的突然打击，这是一种普遍的需求。梦想，要比笑更好地区分人和动物，并确立人的优越性。"

而对这一梦想的需求，孩子深有体会。他感到自己的想象力在驰骋，为此，他需要童话故事。

讲童话故事的人在用他们自己的方式重建这个世界，同时他们为那些弱者、单纯的人和小孩子们提供了一个机会，让他们也用自己的方式重建世界。所以他们带来的影响是我们最喜闻乐见的。他们帮助人们去想象，去感受，去爱。

根本不用担心在孩子们脑子里装满了小矮人或仙女，他们就会上当受骗。孩子很清楚生活中根本没有这些迷人的显灵。让他们上当受骗的反而是你们的娱乐科学；是它在播撒难以纠正的谬误的种子。那些毫不设防的小男孩会因对凡尔纳先生深信不疑而想象坐着炮弹去

---

① 阿道尔夫·德·莱斯居尔（1833—1892），史学家和文学家，编辑过一些童话故事集。

月球,认为一个有机体可以摆脱重力法则而毫发无损。

这些高贵的天体空间科学、这些古老而令人肃然起敬的星相学夸大其词的东西既不真也不美。

孩子们从这种没有章法的科学中能得到什么好处呢?那是一种伪实用的文学,既不能晓之以理也无法动之以情。

应该回到美丽的传说,回到人民和诗人的诗歌中,回到美得令人心动的一切。

唉!我们的社会充满了害怕想象的药剂师。他们真的是大错特错。正是想象,用它的谎言,在这个世界上播种一切美和美德。人只有通过它才变得伟大。噢,母亲们!别害怕它会毁了你们的孩子:相反,它会帮你们的孩子们提防庸俗的过错,避免肤浅的谬误。

二 对话童话

劳尔,奥克塔夫,雷蒙

劳尔:装点夕阳的绯红彩带褪去了红晕,地平线染上了一抹橙色的光芒,天空变成了淡青色。第一颗星星出现了;白白的,一闪一闪……不过我又发现了另外一颗星星,接着又是一颗,很快星星就会多得数不过来了。公园里的树木漆黑一团,好像膨胀了似的。这条穿行在绿篱和荆棘中间的小路蜿蜒而下,通向公园。我熟悉这条小路上所有的石子,此刻它看上去深不可测、险象丛生而神秘,我不觉把它想象成一条通往类似人们的梦中国度的路。美丽的夜晚!清新的空气呼吸起来是多么舒畅!您说,我听,表兄;请给我们讲讲童话,因为您有那么多稀奇的事要告诉我们。但是,求求您,千万别把童话的美好形象给我破坏了。我事先跟您打个招呼,我酷爱童话。爱到当我女儿问我吃人妖魔和仙女是不是"真的"的时候,我竟有点恼她。

雷蒙:她是这个世纪的孩子。智齿长出来之前她就会怀疑了。我和这位穿短裙的哲学家不属于同一个派别,我相信仙女。表妹,仙女是存在的,因为人类把她们造了出来。人们想象出来的东西都是真实的;甚至只有想象出来的东西才是真实的。如果一个老修士来跟我说"我看见魔鬼了;他长了一条尾巴和两只犄角",我会回答这个老修士说:"我的神父,您在不经意间假设魔鬼不存在之际创造了魔鬼;现在,他肯定存在了。您要小心了!"表妹,您就相信有仙女,相信有食人妖以及别的诸如此类的东西吧。

劳尔:我们就讲讲仙女,别管其他的。您刚才说学者们在插手我们的童话故事。我再跟您说一次,我很害怕他们把这些故事给毁了。把小红帽从"儿童室"里拽出来送到法兰西研究院去！您倒是想想看！

奥克塔夫:我还以为如今的学者会目空一切;但是我看到你们很宽宏大量,并没有瞧不起荒谬透顶、幼稚无比的故事。

劳尔:童话故事荒谬而幼稚,这一点毫无疑问。不过我很难承认这一点,因为我觉得它们太美丽了。

雷蒙:承认吧,表妹,别害怕,承认吧。《伊利亚特》也很幼稚,但却是我们读到的最美的诗。最纯粹的诗歌是处于童年时期的人民的诗。人民就如同唱歌的夜莺:快活的时候唱起歌来很动听。当他们年龄渐长,就变得不苟言笑、高深莫测、心事重重,他们最出色的诗人充其量只是些善于堆砌华丽辞藻的夸夸其谈者。毫无疑问,《睡美人》是幼稚的。但正是这一点使得它像《奥德赛》中的一曲歌。这种在古典时期文学作品中再也找不到的美丽的纯真和人之初神圣的无知,在童话和民间歌曲中却依然保持着它们的花样年华,吐露着芳香。我马上补充一下,如奥克塔夫所言,这些童话很荒谬。但如果不荒谬的话那就不动人了。请对自己说荒谬的事是唯一愉快的事,唯一美好的事,唯一能给生活增添魅力、让我们不会无聊死的事。如果一首诗、一座雕像或者一幅画完全合情合理的话,那么所有人,甚至是那些行为合情合理的人都会厌烦得打哈欠。您看,表妹,您裙子上的边饰,这些褶子、绉泡、结饰,所有这些衣料的花样都很荒谬,但却很美妙。我要为此恭维您。

劳尔:别说衣料了;您对此一窍不通。我同意您说的,在艺术中不应该太千篇一律地合情合理,但是在生活中……

雷蒙:生活中没有什么比激情更美的了,但激情是荒谬的。最美的激情就是最不合乎情理的激情:那就是爱情。有一种激情没有其他激情那么荒谬,那就是吝啬;所以它丑陋不堪。"唯有疯子令我开怀。"狄更斯说。那些不会偶尔像堂吉诃德,从来不把风车当巨人的人何其不幸!高尚的堂吉诃德是他自己的魔法师。他对自然和自己的心灵一视同仁。

而这,绝非是上当受骗!上当受骗者看不见眼前任何的美和伟大的人。

奥克塔夫:雷蒙,我觉得您赞不绝口的这种荒谬性,它源自想象力,您这番语出惊人但却不无矛盾的话可以笼统概括为:想象力使易激动者成为艺术家,让正直者变成英雄。

雷蒙:您恰如其分地表达了我的想法的一个方面;不过我很想知道您说的"想象力"是什么,在您看来,它指的是不是设想存在和不存在的事物的能力。

奥克塔夫：我是一个只会种白菜的大老粗，我谈想象就好比盲人谈颜色一样。不过我觉得只有当想象力赋予新的形式或灵魂以生命的时候，一句话，在它创造的时候，才配得上这个名字。

雷蒙：您所定义的想象力并非人类的一种官能。人是绝对想象不出他不曾见过、听过、感觉过和品尝过的东西的。我并非赶时髦，我坚持我的老孔狄亚克①的观点。所有的想法都来自感官，想象并不是创造意念，而是把它们组合起来。

劳尔：您竟敢这么说？可是，当我想看见天使时，我就能看见。

雷蒙：您看到的是长着鹅翅膀的孩子。希腊人看见半人半马兽、美人鱼和长翅膀的女怪，那是因为他们之前看到过人、马、女人、鱼和鸟。斯维登堡②想象丰富，他描写了各个星球的居民，有火星的、金星的、土星的。可是，他赋予这些居民的特征没有一个不是来自地球上的；只不过他将这些特征以一种荒诞不经的方式组合在了一

---

① 孔狄亚克（1714—1780），法国哲学家、心理学家、逻辑学家，法兰西学院院士。
② 斯维登堡（1688—1772），瑞典科学家、神秘主义者和神智学者，在《上天的奥秘》一书中对不同星球的居民进行了描写。

起；他经常胡言乱语。相反的，您看换作一种天真美妙的想象又是什么效果：荷马，或者更恰当地说，写荷马史诗的未知游吟诗人，他让一位少女"像一团云"一般从白色的海水中浮现。她带着天使般的从容与安详说着话，悲叹着！"唉！孩子，"她说，"我为什么要养育你？……我把你生在我家里是为了让你遭受厄运。我要去白雪覆盖的奥林匹斯山……我要去宙斯铜墙铁壁的住所，我要抱住他的双膝，我相信他会被打动。"她说着话，她是忒提斯，是女神。自然创造了女人、大海和云朵；诗人把它们联想到了一起。所有的诗，所有的仙境都来自这些美妙的联想。

您看，那一缕月光正透过昏暗的树枝倾泻到银色的桦树皮上。月光在颤动，那不是月光，而是仙女的白裙。孩子们看见它会逃走，因为他们感受到一种美妙的恐惧。

仙女和神仙就是这样诞生的。没有一个超自然界的原子不是存在于自然世界中的。

劳尔： 您怎么能这样把荷马的女神和佩罗的仙女混为一谈！

雷蒙： 这两者的源头和性质都是一样的。那些国王、英俊的王子、像太阳般美丽的公主，那些小孩子觉得既好玩又吓人的食人妖，就是从前在人类的童年时代散播恐惧和喜悦的男女众神。《小拇指》《驴皮公主》和《蓝胡子》就属于这些古老而令人肃然起敬的故事,它们来自非常遥远的地方。

劳尔:来自哪里?

雷蒙:呀!我怎么知道?有人曾想、现在还想向我们证明它们来自巴克特里亚①;想把它们说成是希腊人、拉丁人、凯尔特人和日耳曼人的游牧祖先在那个寒冷地区的笃耨香下编出来的。这一理论得到一些很严肃的学者的推崇和支持,如果他们弄错了的话,至少不会轻率地弄错。而科学地创立一套无稽之谈需要一个好头脑。一个通晓多种语言的人可以独自一人用二十种语言胡言乱语。而我说的那些学者从不胡说八道。不过,有些与他们认定属于印欧语系的童话、寓言及传说相关的事实让他们陷入了一种剪不断理还乱的尴尬中。当他们费了很大劲儿向您证明《驴皮公主》来自巴克特里亚,而《列那狐传》属于雅弗人②之后,有旅行者却在祖鲁人③那里发现了《列那狐传》,在巴布亚人④那里发现了《驴皮公主》。他们的理论因此饱受困扰。不过,创立理论并公之于世本来就只是为了经受事实的考验,被肢解得七零

---

① 一个中亚古地名,中国史籍称之为大夏。
② 印欧人的旧称,被认为是印欧民族的始祖。
③ 非洲民族,主要居住在南非。
④ 大洋洲新几内亚岛及附近地区的土著民族。

八落,最后像气球一样破裂。尽管如此,童话,尤其是佩罗的童话故事很可能来自人类最古老的传统!

奥克塔夫: 我打断您一下,雷蒙。尽管我对当代科学知之甚少,而且我更关注的是农业而非博识,我还是在一本写得相当不错的小薄书中读到食人妖无非是中世纪时横扫欧洲的匈牙利人,而《蓝胡子》则是根据查理七世统治下被绞死的面目狰狞的莱斯①元帅真实得不能再真实的故事改编的。

雷蒙: 我亲爱的奥克塔夫,我们改变了一切,您的那本瓦尔克纳尔②男爵写的小薄书,可以拿去做纸袋了。匈牙利人的确曾于十一世纪末像蝗虫一样向欧洲扑来。那是些可怕的野蛮人;但是在罗曼语中,他们名字的形式和瓦尔克纳尔男爵提出的派生法相反。迪茨③给了食人妖(ogre)这个词一个更古老的来源;他认为这个词出自拉丁语 orcus,根据阿尔弗雷德·莫里④,这个词源自埃特鲁里亚⑤语。Orcus 指地狱,凶残的贪婪之神,他以食

---

① 吉尔·德·莱斯(1405—1440),英法百年战争时期的法国元帅,著名的黑巫术师,圣女贞德的战友,曾被誉为民族英雄。后崇拜撒旦,祈求魔鬼赐予他知识、权势和财富,将大约三百名儿童活活折磨死。1440 年 9 月被捕并审判,作为异端在南特被绞死。
② 瓦尔克纳尔(1771—1852),法国学者。
③ 迪茨(1794—1876),德国罗曼语族语言学家。
④ 阿尔弗雷德·莫里(1817—1892),法国博学者。
⑤ 意大利中部的古代城邦国家。

人肉为生，尤其喜欢吃摇篮里的小孩。至于吉尔·德·莱斯的确是一四四〇年在南特被绞死的。但不是因为他杀害了七个妻子；他那过于真实的故事和童话没有任何相像之处，把蓝胡子和这位面目可憎的元帅混淆在一起是对蓝胡子的不公正。蓝胡子并不像人们想的那样黑心肠。

劳尔：没有那么黑心肠吗？

雷蒙：他一点都不黑心，因为他是太阳。

劳尔：一个杀死好几个妻子，被龙骑士和火枪手杀死的太阳！这太可笑了！我不知道您的吉尔·德·莱斯，也不知道您的匈牙利人；不过我和我丈夫一样，认为相信历史事实要合理得多……

雷蒙：哎！表妹，您是觉得弄错很合理。全人类都和您一样。因为如果大家觉得搞错是荒唐的，那么就没人会搞错了。所有的误判都是这种常识造成的。常识告诉我们，地球是固定的，太阳绕着地球转，在遥远地方生活的人头冲下走路。可是要警惕合情合理，表妹。人们正是以它的名义干出一桩桩蠢事，犯下种种罪行。我们离它远点，还是回到蓝胡子这个太阳上来吧。他杀死的七个妻子就是黎明。因为，一周的每一天，太阳在升起的时候，都要结束一个黎明。吠陀赞歌中歌颂的星辰到了高卢的童话故事中化作了，我得承认，一个相当凶残的封建暴君的模样；但是他保留了一个证明他古老来源的特征，这个特征可以让人们从这个可恶的乡绅身上认出古老的太阳神。那胡子——他名字的由来，是天空的颜色，凭着这一点可以把他和吠陀经中的因陀罗①看作同一个人，就是那个天空之神，那个光芒四射的天神、雨神、雷神，他胡子的颜色就是湛蓝湛蓝的。

劳尔：表兄，您告诉我，求求您，那些骑士，其中一个是位龙骑士，另一个是位火枪手，是否也是印度的神呢？

雷蒙：您听说过阿斯维纳斯②和狄俄斯库里③兄弟吗？

劳尔：从来没有。

雷蒙：印度的阿斯维纳斯和希腊人的狄俄斯库里是代表两个晨曦的天神。在希腊神话中，就是卡斯托耳和波鲁克斯·狄俄斯库里解救了被象征太阳的忒修斯囚禁的晨光——海伦。这个童话里的龙骑兵和火枪手做了一模一样的事，他们解救了蓝胡子夫人，他们的妹妹。

奥克塔夫：我不否认这些解释很奇妙；不过我认为它们完全站不住脚。您刚才把我和我的匈牙利人打发走了。现在轮到我告诉您，您的那套东西并不新鲜，我已故

---

① 印度教吠陀经中所载众神之首，雷电的主宰。
② 梵文中代表晨曦的孪生天神。
③ 宙斯之子，古希腊罗马神话中的孪生神灵。

的祖父,他是个酷爱读迪皮伊①、沃尔内②伯爵和杜罗尔③的人,他认为黄道带是所有崇拜和信仰的起源。这位正直的人对我说,耶稣就是太阳,而他的十二个使徒就是一年的十二个月,这让我可怜的妈妈大为恼火。不过,学者先生,您知道有一个聪明人是怎么把迪皮伊、沃尔内伯爵、杜罗尔和我祖父混为一谈的吗?这个人把他们的理论用在拿破仑一世的故事上,并用这种方法证明拿破仑不曾存在过,他的故事只是个神话。这个出生在岛上的英雄,在东部和南部地区战无不胜,而冬天在北方会失去他的力量,然后消失在海洋中,我记不得这位作者的名字了,他说这位英雄显然就是太阳。他的十二位元帅就是黄道上的十二个星座,而他的四个弟兄就是四季。我很担心,雷蒙先生,您在蓝胡子问题上用的手法和这个聪明人对待拿破仑一样。

雷蒙:您说的那位作者确实很有智慧,正如您所说,也很有学问;他叫让-巴蒂斯特·佩雷④。他于一八四〇

---

① 迪皮伊(1742—1809),法国学者。1781 年发表了一篇题为"论星座的起源及通过星相学方法解释寓言"的论文。
② 沃尔内(1757—1820),法国著名历史学家和哲学家。
③ 杜罗尔(1755—1835),法国考古学家和历史学家。
④ 让-巴蒂斯特·佩雷(1752—1840),曾做过图书馆管理员,因写了《因此拿破仑从未存在过》而出名。这是一篇讽刺迪皮伊的论文,证明用他的方法可以"证明"拿破仑并不存在。

年死于阿让,是个图书管理员。他那本奇特的书《因此拿破仑从未存在过》是一八一七年印刷出版的,如果我没记错的话。

的确,这是对迪皮伊理论的一种巧妙的批评。但是,我刚才向您示范应用的这种理论,是建立在语法和比较神话之上的,因为被我用在个案上所以显得有些苍白无力。您也知道,格林兄弟收集了德国的民间故事。各国纷纷效仿他们,我们现在拥有一系列斯堪的纳维亚、丹麦、弗拉芒、俄罗斯、英国、意大利、祖鲁等地的故事集。在读这些来源千差万别的故事时,大家惊奇地发现它们全部或几乎全部都出自为数不多的类型。某个斯堪的纳维亚故事好像是照抄某个法国故事,而这个法国故事本身重复着某个意大利故事的主要特点。可是,这些相似之处不可能是不同民族之间持续交流的结果。所以人们假设,就跟刚才我和您说的一样,人类家族在分开之前就拥有这些故事,是上古时代他们在共同的摇篮里憩息时想象出来的。但是,由于从未听说过存在祖鲁人、巴布亚人和印度人一起放牛的地区和时期,所以事情应该是这样的:在人类的童年时期,普天之下的人们都有着相同的联想,同样的场景在原始人的头脑中产生了同样的印象,他们同样会饿会爱会害怕,头顶同一片蓝天、脚踏同一块土地的人们想象出了同样的故事来体会自然和命运。

乳母的故事起初也只是生命和事物的一种反映,非常适合用来满足天真烂漫的人们。很可能这种反映方式不管是在白人头脑中,还是在黄种人或黑人的头脑中都没什么差别。

说到这里,我觉得我们还是只谈印欧传统,追溯我们的巴克特里亚祖先更明智一些,别去操心其他人类家族了。

奥克塔夫: 我很高兴听您这么说。不过,您觉得一个如此深奥的话题可以随意谈论而毫无风险吗?

雷蒙: 实话告诉您,就我的这个主题而言,家常闲聊的随意性所含的风险比书面研究的逻辑论述的风险要小。别抓住这一点故意和我作对,我把话说在前头,一旦您想要利用这一点来驳斥我,我就马上收回我刚才说的话。现在开始,我只用肯定的方式来说明。我要过把言之凿凿的瘾。请记住这一点。我补充一下,如果我自相矛盾了——很可能会这样,那我就会对我脑海中两个敌对的想法一视同仁,混为一谈,以免冤枉那个好的。总之,我会措辞尖锐,斩钉截铁,如果可能的话,甚至狂热。

劳尔: 我们倒要看看这种神情适不适合您这张脸?可是谁逼您用这种态度啊?

雷蒙: 经验。经验证明再大的怀疑也会止步于或是开始说话或是开始行动之际。只要人开口说话,就是在肯定。必须接受这一点。我认了。这样我就可以让你们免去听到"也许""如果我敢说的话""某种程度"诸如此类含糊其词的话,只有勒南①能够用它们来优雅地装饰自己。

奥克塔夫: 您尽管措辞激烈,斩钉截铁好了。但是,拜托,您得有条理。让我们知道您的论点,既然您已经有论点了。

雷蒙: 所有善于进行一般性博学研究的人都在童话中看出了古代神话和古代谚语。马克斯·缪勒②曾说(我觉得可以照搬他的话):"童话是神话的现代方言,如果要把它当作一个科学研究的主题,首先要做的是将每个现代童话故事追溯到更古老的传说,再将每个传说追溯到远古的神话。"

劳尔: 那么,表兄,这项工作您做了吗?

雷蒙: 我要是做了这项了不起的工作,那我现在头上的头发就一根不剩了,也只能透过四副圆框眼镜,从绿色遮阳帽的护眼反光中看你们了。这项工作还没完成;不过收集到的资料足以让学者们相信童话故事并非无中生

---

① 勒南(1823—1892),法国哲学家、历史学家和宗教学家。
② 马克斯·缪勒(1823—1900),德国语言学家。

有,恰恰相反。"在许多情况下,他们认为,"如马克斯·缪勒所说,"童话跟古老的语言和思想是同根同源的。"那些在人类的童年就已凋零,被置于尘世俗事之外的老神仙们,现在依然被用来逗小男孩小女孩们玩。这和祖父的角色一样。还有比这更适合那些天地旧领主们的老年生活的吗?童话故事是被男人们遗忘,但却被好记性的虔诚的祖母们记住了的美丽的宗教诗。这些诗到了老纺纱女柔软的唇间,变得稚气却魅力不减,由她讲给围着她蹲在炉火前的孙儿们听。

　　白人的部落分散开来;有的沿着欢腾的蓝色大海流经的白色岬角去了一片澄净的天空下;有的深入到北方海岸那弥漫整个天地的忧郁的迷雾中,只依稀现出模糊而又奇形怪状的身影。有的则在一马平川的草原上风餐露宿,放牧着瘦骨嶙峋的马群;还有的躺到了又冷又硬的积雪上,头顶着坚硬却如钻石般灿烂的天空。也有去花岗岩地带采摘金花的。印度之子饮遍了欧洲所有的河流。但是,无论是在小木屋里,还是在帐篷下,或是在平原燃起的荆棘火堆前,那个从前的孩子,在自己成了祖母后,都对孩子们重复着她童年时听到的故事。同样的人物,同样的遭遇;只是,讲故事的人,不知不觉在她说出来的故事中增添了她呼吸已久的空气和养育了她、很快也将接收她的土地的色调。部落重新出发,踏上疲惫而危险的旅途,把祖母留在了身后,安息在或老或少的死者中间,留在了东方。但是,从她已经冰冷的唇中说出来的童话故事却像普塞克①的蝴蝶一样飞走了,这些脆弱的不朽者,又停到了老纺纱女的嘴上,在古老种族的新生乳儿瞪得大大的眼睛中闪闪发光。是谁把《驴皮公主》告诉给法兰西、如歌里所唱的"温柔的法兰西"的小男孩和小女孩的呢?是"我的鹅大妈",村里的学者回答说,那个不停地纺线、不停地东拉西扯的我的鹅大妈。学者们纷纷想一探究竟。他们在中世纪画师画在各教堂门廊上的佩朵科王后②身上认出了我的鹅大妈,其中有特洛伊教区的内勒的圣玛丽教堂,第戎的圣贝妮娜教堂,奥弗涅的圣普尔散和讷韦尔的圣皮埃尔教堂。他们还把我的鹅大妈和罗贝尔国王的妻子兼教母贝尔特拉德王后看作同一个人;把我的鹅大妈等同于查理曼大帝的母亲大脚王后贝尔特;把她当作偶像崇拜者、长着叉蹄的赛伯伊王后;当作斯堪的纳维亚最美的女神,有一双天鹅脚的弗洛雅③;还把她当作身体和名字都是一束光的圣吕茜。不

---

① 希腊神话中人类灵魂的化身,常以带蝴蝶翅膀的少女的形象出现。
② 公元四到五世纪一位传说中的女王,被认为可能出生于图卢兹,长着鹅脚。
③ 北欧神话中的女神,主宰爱、性、美、生育、金子、战争和死亡。

过,这么做把事情复杂化了,也是浪费时间,使自己迷失方向。我的鹅大妈如果不是我们大家的老祖母和我们祖母的祖母,又会是谁呢?她们有一颗纯朴的心灵,长着一双关节粗大的手臂,平凡而伟大地操持着日常的家务活,历经岁月磨砺变得干瘦的身躯像知了一样没有肉也没有血,但依然在炉子边,在烟熏雾绕的大梁下絮絮叨叨,给家里所有的孩子讲那些长长的故事,让他们大开眼界。乡村诗歌,田野诗歌,森林和泉水,从掉了牙的嘴里活生生地涌现:

……从自然源泉中潺潺流出的溪水
是如此清澈美丽。

在祖先的绣花布上,在古老的印度底布上,我的鹅大妈绣着熟悉的画面,城堡和高塔、茅屋、肥沃的田野、神秘的森林和美貌的夫人,有村民们熟悉的,也有圣女贞德可能在夜晚的大栗树下、在泉水边看到的仙女……

那么,我的表妹,我有没有破坏童话故事?

劳尔:您说,您说,我听着呢。

雷蒙:如果要我选择的话,我会心甘情愿地交出所有的哲学藏书来换取一本《驴皮公主》。在我们的文学中,只有拉·封丹像我的鹅大妈一样感受到了乡土的诗意和家常琐事坚实而深厚的魅力。

不过,请允许我总结概括一下几个要点,别让它们散落在随意的闲聊中。最早的语言都是图像,它们赋予所有被命名的事物以生命。它们将人类的情感注入日月星辰、云、"天牛"、光、风和黎明。从形象化、生动、充满生命力的话语中涌现出了神话,而童话则出自神话。童话不断演变;因为变化是生存的第一需要。童话被原原本本地当作真实,幸运的是,它不曾遇到聪明人,被简化成一种象征而毁掉。单纯的人在驴皮公主身上看到的就是驴皮公主本身,一点不多,一点不少。佩罗也不从中寻找其他东西。科学出现了,它扫了一眼神话和童话漫长的旅程说:"黎明化身成了驴皮公主。"但是,它应该再加上一句,驴皮公主一经想象出来,她就有了特有的外貌并且只为自己活着了。

劳尔:我开始明白您说的了。不过,既然您说到驴皮公主,我得向您承认,在她的故事中有一点让我感到震惊。是一个印度人给了驴皮公主的父亲对女儿的这种可憎的激情吗?

雷蒙:如果我们深入神话的意义,那么让您深恶痛绝的乱伦就会变得无辜了。驴皮公主就是黎明;她是太阳的女儿,因为她来自光。当人们说国王爱上了自己的女儿时,其实意味着,太阳在升起的时候追逐着黎明。在吠陀神话中也一样,相当于太阳的造物主生主①,万物的守护神,同样追逐他的女儿乌莎斯,即在他前面溜走的黎明。

劳尔:尽管他是太阳,您的国王还是让我很反感,我恨那些把他想象出来的人。

雷蒙:他们是天真无邪的,所以是不讲道德的……您别大惊小怪,堕落是道德存在的原因,正如暴力催生了法律一样。国王对他女儿的这种感情,在传统中和佩罗笔下得到一种带着宗教式天真的尊重,它证明了这一童话的古老历史,使它上溯到阿里阿德涅②的父系部落时代。乱伦在那些天真的牧人家庭中并不是件可怕的事,在那里,父亲叫"保护者",兄弟叫"帮助者",姐妹叫"安慰者",女儿叫"挤奶者",丈夫是"强男子",妻子是"强女子"。这些沐浴在阳光下的放牧者还没有羞耻一说。在他们中间,因为毫无秘密,女人是没有危险的。家长的意志是唯一是否允许一个丈夫用两头白牛套着的轮车把妻子带走的法律。虽然受实际情况制约,父亲和女儿的结合非常罕见,但是这样的结合并不受排斥。驴皮公主的父亲丝毫不会激起众怒。丑闻是文明社会的特产,甚至是它们最钟爱的娱乐之一。

---

① 古印度吠陀时代信奉的创世之神,字面意思是"众生之主"。
② 古希腊神话中的女神,用小线团帮助忒修斯逃出迷宫。

奥克塔夫： 随您怎么说吧。不过我肯定您的解释毫无价值。道德是人与生俱来的。

雷蒙： 道德是风俗的科学；它随风俗而改变。它并非在所有国家都一样，而且没有一个地方的道德会是十年如一日的。

奥克塔夫， 您的道德，不是您父亲的道德。至于与生俱来的观念，那不过是痴人说梦。

劳尔： 先生们，请你们把道德和与生俱来的观念这些无聊的东西放到一边，回到代表太阳的驴皮公主父亲身上。

雷蒙： 您还记得他马厩里那些披着"用金子和刺绣做成的笔挺华丽马衣"的最高贵的骏马吗？故事中说："他在中间养了一头不同凡响的驴，每天早上，它的草垫不是脏兮兮的，而是铺满了金色的埃居①和各种各样的金路易②。"那么好，这头东方驴，这头野驴、蹇驴或斑马就是太阳的坐骑，铺满草垫的金路易是太阳透过树荫洒下的光晕。它的皮本身就是代表云的特有的标志。黎明渐渐隐退，随后消失。您记得那个动人的场面吗，穿着天空色裙子的驴皮公主被英俊的王子从锁眼中看到的那一幕？这个王子，国王的儿子，是一束太阳光……

---

① 法国古钱币。
② 法国旧时使用的金币。

劳尔：太阳透过门照进来，就是说从两朵云之间照进来对吗？

雷蒙：您说得恰如其分，表妹，我发现您对比较神话学很在行。——我们来看一个最简单的童话故事，那个能从嘴里吐出两朵玫瑰、两颗珍珠和两颗钻石的女孩的故事。这个女孩就是让花朵绽放，用露珠和阳光滋润沐浴它们的黎明。而她那位口吐蛤蟆的恶毒的姐姐就是雾。——被炉灰熏黑的灰姑娘，是被乌云遮住而变得暗淡的黎明。娶了她的年轻王子是太阳。

奥克塔夫：所以蓝胡子的妻子们是黎明，驴皮公主是黎明，口吐玫瑰和珍珠的姑娘是黎明，灰姑娘也是黎明。您说来说去都是黎明。

雷蒙：那是因为，黎明，印度璀璨的黎明，是雅利安神话最丰富的源泉。在吠陀赞美诗中，黎明被以众多的名称和形式歌颂。黑夜一降临，人们就呼唤它，怀着希望，惴惴不安地等待它的到来：

"我们古老的朋友，黎明，会回来吗？光明之神会战胜黑夜的力量吗？"她来了，这位光明少女，"她走近每一所房子"，于是大家心生欢喜。是她，特尤斯①的女儿，放

---

① 婆罗门教-印度教中的神，天空之父，相当于古希腊之神宙斯，罗马之神朱庇特。

牧女神，每天早上带着天牛去放牧，天牛沉甸甸的乳房滴下清新的露珠，滋养干枯的大地。

就像歌颂她的到来一样，人们同样歌颂她的逝去，而这一颂歌是为了欢庆太阳的胜利。

"噢，因陀罗！这是你完成的又一个强大而阳刚的壮举！你打了特尤斯的女儿，一个难以战胜的女人。是的，特尤斯之女，荣耀的黎明女神，您，因陀罗，大英雄，您把她碾成了碎片。"

"黎明匆匆跳下她被毁掉的战车，生怕因陀罗那头公牛会攻击她。"

"她的战车倒在那里，碎成几块；而她则跑得远远的。"

原始印度人把黎明想象成一个变幻不定却永远鲜活的形象，在我们刚才讲的故事中，还有类似《小红帽》这样的故事中，仍然可以看到这一形象弱化并被改动后的影子。外婆的外孙女戴的那顶帽子的颜色就是她来自天上的第一个迹象。而让她送一张饼和一罐黄油的这个任务让人相信她是吠陀经中身为女信使的黎明。至于吞吃了她的狼……

劳尔：是一朵云。

雷蒙：不，表妹。是太阳。

劳尔：太阳，一匹狼？

雷蒙：毛色闪闪发光的吞噬者狼，吠力卡，吠陀经中的狼。别忘了，两个太阳神，希腊的吕基亚·阿波罗和拉丁的索拉·阿波罗①的标志就是狼。

奥克塔夫：怎么能把太阳比作一匹狼呢？

雷蒙：当太阳晒干蓄水池中的水，烘烤着牧场的草地，烤干吐着舌头气喘吁吁的消瘦的牛的脊背时，难道不是一头在吞噬一切的狼吗？狼毛闪闪发亮，眼珠放光；它露着白晃晃的牙齿，长着强壮的颌和腰；它的毛色和眼睛发出的光，双颌的摧毁力都来自太阳。奥克塔夫，在这个开着苹果花的湿润的国度，您不怎么惧怕太阳；但是，来自远方的小红帽可是穿过了炎热地带。

劳尔：黎明可以死而复生。但是小红帽却一去不复返了。她不应该去采摘榛子，也不应该听狼的话；不过，这是否就是她被毫不留情地吃掉的原因呢？难道她不应该像黎明走出黑夜那样从狼的肚子里出来吗？

雷蒙：您的怜悯充满了智慧。小红帽的死并不是最终的结局。鹅大妈没有记清楚故事的结尾。

到了她这把年纪很可能会忘记什么。

---

① 分别为古希腊和古罗马崇拜的太阳神。

德国和英国的祖母们很清楚小红帽像黎明一样死而复生了。她们说有一个猎人剖开了狼的肚子,把粉红色的孩子从里面提溜了出来,孩子瞪大眼睛说:

"噢!吓死我了,里面太黑了!"

我刚才在您女儿的房间里翻了翻英国人瓦尔特·克兰①的一本幽默风趣、充满奇思妙想的彩色画册。这位绅士有着雅俗共赏的想象力;他既有传说意识又有对生活的热爱,既尊重过去又品味当下。这就是英国精神。我刚才翻阅的画册里有《小红帽》的文本和插图。狼吞下了小红帽;但是一个身着绿衣服、黄裤子和翻边靴子的乡绅农场主,把一颗子弹打入狼的两只发光的眼睛中间,然后用他的猎刀剖开这个畜生的肚子,于是小红帽从里面出来了,新鲜得像一朵玫瑰。

> 某个运动爱好者(他一定是个好枪手)
> 在她正大声惊叫之际瞄准了狼;
> 于是小红帽安全地回到了家不是吗?
> 她幸福地生活着直到死去。

真相是这样的,表妹,您猜到了。至于《睡美人》中

---

① 瓦尔特·克兰(1845—1915),英国插画家、油画家、设计师。

的奇遇有一种既幼稚又深刻的诗意……

奥克塔夫：是黎明！

雷蒙：不是的。《睡美人》《穿靴子的猫》和《小拇指》依附于雅利安传说中的另一个系列，跟象征冬夏之争、自然的复苏和万能的阿多尼斯①永无休止的历险的传说有关，属于那朵不断盛开又凋零的世界玫瑰的传说。睡美人不是别人，正是阿斯忒里亚②，勒托③的光明妹妹，是科瑞或珀耳塞福涅④。民间想象让光化身为它在大地上最深情地照拂的身影——一位美貌少女的身影——真可谓神来之笔。对我来说，我爱睡美人中的公主就像爱维吉尔的欧律狄克⑤和《埃达》⑥的布伦希尔特⑦一样，她们一个被蛇咬了一口，一个被刺扎了一下，都被从永恒的黑暗中带了回来，希腊女人被诗人带回，斯

---

① 希腊神话中掌管每年植物死而复生的一位非常俊美的神。
② 希腊神话中的女神，象征着群星璀璨之夜。
③ 太阳神阿波罗和月亮女神阿耳忒弥斯的母亲。
④ 希腊神话中的女神，冥府王后，春天种子发芽的时候回到人间和母亲团聚，秋天回到地府的冥王丈夫身边。
⑤ 这里指维吉尔在《农事诗》中的俄耳甫斯神话版本。希腊神话中俄耳甫斯之妻被蛇咬身亡。俄耳甫斯下到地狱去把她带回人间，因为在最后一刻未能信守诺言回头看了妻子一眼，欧律狄克就此消失在黑暗中。
⑥ 两本古冰岛有关神话传说的文学集的统称，是中古时期流传下来的最重要的北欧文学经典。
⑦ 北欧神话中的女武神，冰岛史诗《埃达》中的主要角色。

堪的纳维亚女人被战士带回,两者都爱上了她们。一碰到尖锐的物体,比如刺、爪子或动物的嘴就会昏迷不醒是神话中光明主人公的共同命运。在福莱尔女士①收集的德干高原的一个传说中,一个小姑娘被一个罗刹②留在门上的指甲扎了一下就马上不省人事了。有位国王经过,拥抱了她,使她回过神来。这些冬与夏、黑暗与光明、夜与昼之间特有的爱恨情仇周而复始,生生不息。当人们以为佩罗讲述的故事结束了的时候,它又重新开始了。睡美人嫁给了王子并和他生了两个孩子,小白昼和小黎明,也就是赫西俄德③笔下的爱特拉和伊梅洛斯④,或者,随便您,菲比斯⑤和阿耳忒弥斯。王子不在的时候,他的母亲,一个食人女妖,一个罗刹,即可怕的黑夜,威胁着要吞吃两个王室血脉,即两道幼小的光,太阳王回来后他们得以获救。睡美人在法国西部地区有一个乡村妹妹,有一首歌曲天真地讲述了她的故事,我这就说给你们听:

---

① 玛丽·福莱尔(1845—1911),英国作家,创作了很多有关印度的作品,1868年发表第一部用英语写成的印度故事集《德干高原旧事》。
② 印度神话体系中一种主要的鬼神。
③ 赫西俄德,古希腊诗人,生活在公元前八世纪,被称为"希腊教训诗之父"。
④ 古希腊神话人物。
⑤ 太阳神阿波罗的别名。

我在父亲家时，
小破衣裳，
我是个小女孩，
他派我去森林，
小破衣裳，

去摘榛子，
啊！啊！啊！啊！啊！
小破衣裳，
穿着破衣裳蹦蹦又跳跳。

他派我去森林
去摘榛子！
森林太高，
美人太小……

森林太高，
美人太小。
她往手里放了
一根绿油油的刺……

她往手里放了
一根绿油油的刺，
手指一阵疼痛
美人睡着了……

手指一阵疼痛
美人睡着了……
路边经过
三个骑士好伙伴……

其中的第一个
说："我看见一个女孩。"
其中的第二个
说："她睡着了。"

其中的第二个，
小破衣裳，
说："她睡着了。"
最后一个，
小破衣裳，

说："她将是我的爱侣。"

啊！啊！啊！啊！啊！

小破衣裳，

穿着破衣裳蹦蹦又跳跳。

在这里，神圣的传说坠落到了最底层，如果中间没有任何过渡，是不太可能在小破衣裳这个乡下丫头身上认出冬衰夏盛的天之光的。波斯的史诗《列王纪》，让我们认识了一位和睡美人有着相似命运的英雄。任何利剑都伤不到他的以斯方迪亚尔，死于扎入他眼睛的一根刺。斯堪的纳维亚的《埃达》的巴德尔①的故事与睡美人的相似之处更加惊人。

和对着国王女儿的摇篮发誓的仙女一样，诸神在圣婴巴德尔面前发誓让地上任何东西都不会伤害到他，但是，就像国王和王后忘记了在他们城堡顶部的纺纱老妇人一样，神仙们忘记了不长在地上的槲寄生。纺锤扎到了睡美人；槲寄生枝杀死了巴德尔。

"就这样，巴德尔死了，躺在地上，在他周围，摆放着、堆积着利剑、火炬、标枪和矛，那些都曾是诸神们开玩笑地扔向任何武器都穿不透、伤不到的巴德尔的，这些对他都不构成任何威胁；但是，在他胸口上却深深扎着那株

---

① 北欧神话中光辉美丽的化身，春天与喜悦之神。

致命的槲寄生,那是心怀怨恨的洛基①给霍德尔②,霍德尔毫无恶意地扔出去的。"

劳尔:所有这些都很美;对公主床上的那只小狗普夫,您没有什么要讲给我们听的吗?我觉得它的举止风流潇洒:普夫是在侯爵夫人们的膝盖上养大的,我觉得塞维涅夫人③写出如此优美的书信的双手抚摸过它。

雷蒙:为了博您欢心,我们就给这只小狗普夫几位来自天上的祖先;我们将它的家族追溯到萨拉马④,就是那只追逐黎明的狗,还有塞里奥斯⑤,那个星辰的守护神。要是我没弄错的话,它们属于显赫的贵族。普夫只需证明它的世袭等级就可以被接收为勒米尔蒙⑥犬类教务会的未许愿修女了。只有长着四条爪子的道齐埃⑦才有权威来确立这一血统渊源。我就只指明这一庞大谱系树的一个分支。芬兰分支:小狗弗洛,它的女主人对它说了三遍:

"去,我的小狗弗洛,去看看天是不是就要亮了。"

---

① 北欧神话中的火神、恶作剧之神和恶神。
② 北欧神话中的黑暗之神,光明之神巴德尔的孪生兄弟。
③ 塞维涅夫人(1626—1696),法国书信作家。
④ 印度神话中神犬中的母犬。
⑤ 古希腊犬星之神。
⑥ 法国城市,位于孚日省。
⑦ 皮埃尔·道齐埃(1592—1660),法国家谱学家。

到了第三遍,黎明升起来了。

奥克塔夫:我很佩服您那么轻而易举地把童话中的动物和人都搬到天上。罗马人把他们的皇帝送上星座也不如您轻松。照您的意思,卡拉巴①一定至少也是太阳的化身。

雷蒙:不要怀疑,奥克塔夫。这个可怜的受屈辱的人,这个信仰财富和权力的人,就是从迷雾中升起,在碧空如洗的正午时分闪闪发光的太阳。注意这一点:卡拉巴侯爵从水中出来,穿上了闪闪发光的衣服。没有比这更清楚地象征日出的了。

劳尔:但是,在故事中,侯爵是个不爱动的人,都是跟着别人走的;在思考和行动的是那只猫,只有那只猫有可能,和小狗普夫一样,是天上的生灵。

雷蒙:它也算一个,和它主人一样,代表太阳。

劳尔:对此我很高兴。不过,它是不是也和普夫一样有正规的贵族头衔? 它能证明它高贵的血统吗?

雷蒙:拉辛这么说:

婚姻并不总有火炬环绕。

---

① 卡拉巴侯爵,《穿靴子的猫》中的人物。

可能穿靴子的猫是那些给弗蕾亚——这位斯堪的纳维亚的维纳斯——拉车的猫的后代。不过那些住在天沟里的公证员①却对此只字未提。我们知道有一只很古老的太阳猫，埃及猫，等同于拉②，它说的话是葬礼仪式用语，由德·卢杰③先生来翻译，它说："我是在伟大的战斗之夜出现在昂④的生命之树大道上那只伟大的猫。"但那只猫是库施⑤猫，是含⑥的一个儿子。而穿靴子的猫是雅弗⑦的后代，我真不知道人们是怎么把它们拉扯到一起的。

劳尔：这只说着深奥的葬礼仪式用语的了不起的古斯西特猫，也是个穿着靴子的乞丐吗？

雷蒙：仪式中没有提及这一点。侯爵的猫穿的靴子和小拇指穿的象征光速之快的七里靴是类似的。根据学者加斯东·帕里先生的说法，小拇指原先是放牧神牛和偷盗神牛的雅利安神灵之一，就像孩提时的赫耳墨斯⑧，

---

① 指猫。
② 古埃及太阳神，长着男人的身体，鹰脸，头上有日轮。
③ 埃马纽埃尔·德·卢杰（1811—1872），埃及学家。
④ 即赫里奥波里斯，埃及的政治和宗教中心。
⑤ 古代北非文明，地域大致位于今天的苏丹。
⑥ 《旧约全书》所载洪水之灾的幸存者诺亚的次子。
⑦ 诺亚的第三个儿子。
⑧ 希腊神话中众神的信使，司畜牧、道路、体操、辩论、商业，也是盗贼的保护神。

器皿画家们都画一只鞋子当他的摇篮。在民间想象中,小拇指被安排住在大熊星座最小的一颗星星上。说到靴子,如大家所说,您知道创作出优美的铜版画的雅克马尔①有一系列丰富的鞋子收藏。如果要仿效他办一个神话鞋子博物馆的话,那会装满一个橱窗还多。在七里靴旁边,在小赫耳墨斯的鞋和猫先生的靴子旁边,应该放上成年的赫耳墨斯的带翼的鞋跟、珀尔修斯②的凉鞋、雅典娜的金鞋子,还有灰姑娘的玻璃拖鞋和小俄罗斯人玛丽窄窄的高跟鞋。所有这些穿在脚上的行头都以各自的方式代表了光的速度和星辰的运行。

劳尔:说灰姑娘的拖鞋是玻璃做的是人们弄错了吧,对不对?用和水瓶一样的材质做出一双鞋子来真的很不可思议。松鼠皮做的鞋,也就是加毛里的鞋更合理,虽然让一个小姑娘穿这样一双鞋去舞会是个馊主意。穿上这样的鞋,灰姑娘会像一只爪上长毛的鸽子。要是脚上穿得这么暖和去跳舞的话,那么她得多疯狂。不过姑娘们都很疯狂;即使穿着铅底的鞋她们也会跳舞。

雷蒙:表妹,我可是早就提醒过您要防范常识性思

---

① 雅克马尔(1837—1880),创作了卢浮宫阿波罗画廊的一系列铜版画。
② 珀尔修斯,希腊神话中的英雄,宙斯之子,相传穿着带翼的凉鞋杀死了怪物美杜莎。

维。灰姑娘穿的不是毛拖鞋而是玻璃拖鞋,是像圣戈班①的镜子一样透明的玻璃,如泉水和岩石的结晶一般清澈。都跟您说了,这双拖鞋就是仙女;就凭这一点,一切困难都迎刃而解了。南瓜里变出一辆四轮马车。南瓜也是仙女。仙女马车出自仙女南瓜再自然不过了,若不是这样的话才令人惊讶呢。俄罗斯的灰姑娘有一个姐姐,为了穿上这双鞋割断了大脚趾,拖鞋染上了血,王子因而得知这个野心勃勃的女孩的欺骗壮举。

劳尔:佩罗只是简单地说两个恶毒的姐姐千方百计想穿上拖鞋,但都没有办到。我更喜欢这种说法。

雷蒙:我的鹅大妈也是这么想的。但是,如果您是斯拉夫人,您就会更加凶悍,割下脚趾完全符合您的风格。

奥克塔夫:雷蒙已经和我们讲了很长时间童话了,但对仙女本身还只字未提。

劳尔:真的。不过最好还是让仙女保持她们的朦胧和神秘吧。

雷蒙:表妹,您是害怕这些喜怒无常的尤物,这些时而善良、时而恶毒、时而青春焕发、时而老态龙钟、统治着大自然并且似乎随时会自行消失的仙女不愿意满足我们的好奇心,怕她们会在我们觉得眼看就要抓住

---

① 法国北部城镇,1682 年这里曾建立同名玻璃厂。

她们的时候从我们身边逃走。她们是月光做的。只有树叶的簌簌声会暴露她们的行踪,她们的声音融汇在泉水的呢喃中。如果有人胆敢抓住她们金色衣裙的一角,他抓到手里的就只是一把枯树叶。我不会冒着大不韪穷追不舍;不过她们的名字就足以向我们揭示她们身份的秘密。

仙女,意大利语是 fata,西班牙语是 hada,在葡萄牙语和普罗旺斯语里是 fada 和 fade;在乔治·桑使之出名①的贝里地区方言②中是 fadette,它来自拉丁语的 factum,意思是命运。仙女是从人类生活中最温馨、最悲惨、最隐秘也最普遍的观念中产生的。仙女就是我们的命运。用女性的形象来形容命运再恰当不过了:喜怒无常,迷人却又令人失望,魅力四射,却暗流汹涌。仙女是我们每个人的教母,这一点千真万确,她俯身在我们的摇篮上,赐予我们每个人或幸福或可怕的礼物来陪伴终身。您随便选几个人,想一想他们是谁,是什么造就了他们,还有他们的所作所为;您就会发现他们或幸福或悲惨的生存的终极理由就是仙女。克鲁德讨人喜欢,因为他歌

---

① 法国浪漫主义作家乔治·桑(1804—1876)写过一部小说,名为《小法岱特》(La petite fadette)。
② 贝里地区方言即法语中的奥依方言,中世纪法国卢瓦尔省以北地区的方言。

唱得好;他唱得好是因为他拥有和谐的声带。是谁赋予了克鲁德一副好嗓子?是仙女。为什么国王的女儿会被老妇人的纺锤扎到?因为她很活泼,有点冒失……仙女的判决使然。

这正是童话所回答的,人类的智慧也无法超越这一答案。表妹您为什么漂亮聪明又善良呢?因为一位仙女给了您善良,另一位给了您智慧,还有一位赋予了您优雅。这都是遵照了她们的嘱咐。一位神秘的教母在我们一生下来就决定了我们生活中所有的行为和思想,她想让我们有多幸福多善良,我们就会有多幸福多善良。自由是虚幻的,仙女是真实的。——我的朋友们,美德,就像罪恶一样,是一种无法逃避的需要……噢!别大惊小怪。尽管美德是身不由己,但依然不失美好,值得人们崇拜。

人们喜欢善良,不是喜欢为善良付出的代价,而是喜欢它的善行。

美好的思想是美丽的心灵本身散发出来的芳香,正如香气来自花朵微粒的挥发一样。一颗高贵的心灵只能散发高贵的气息,正如玫瑰只能吐露玫瑰的芳香。仙女们就是这样安排的。表妹,感谢她们吧。

劳尔:我不听您说了。您的智慧很可怕。我知道仙女的法力;我知道她们的无常;她们并没有青睐我,能够让我比别人少些内心的脆弱、悲伤和辛劳。但是我知道，在她们之上，在生活的无常之上，有一种永恒的思想在俯视着我们，唤起信仰、希望和仁慈。——晚安，表兄。